集英社新書ノンフィクション

風景は記憶の順にできていく

Shiina Makoto

表紙・本文写真／椎名誠

目次

本書は『小説すばる』二〇一二年一月号〜二〇一三年一月号に掲載された「風景進化論」を加筆・修正したものである。

遠い記憶は夢と同じようなものだ。

なにもかもおぼろで曖昧な、静止画が少しずつ仕方なく連動していくような、いたって頼りないあわいの風景がよく似ている。

遠い記憶も、その朝見た夢も、どちらもやるせないモノクロームで投影される。

ぼくの最初の記憶は——あの風景は——たぶん生家のものだ。広い廊下をぼくはひどく心細い気持ちで歩いている。誰か大きな人の影が横切って、それはそれで終わる。

その次の記憶は石垣の間の階段をぼくは大きな下駄をはいて苦労して降りている。すると目の前の道をアメリカのジープが走ってきて、そこにはMPが乗っていた。ぼくは恐怖で泣きながらまた石段を登っていく。

いつか兄や姉にその話をしたところ、それはあんたの生まれた世田谷《せたがや》の家だ、と明確におしえてくれた。

生家、三軒茶屋《さんげんぢやや》の家は大きく、広い廊下がL字状になっていた。土地は五〇〇坪あったというが、四歳のぼくにはその広い庭の記憶はない。一九四四年生まれのぼくが世田谷でMPの乗ったジープを見る可能性はおおいにあった。でもあのときぼくが歩いていく廊下の前を通りすぎていった巨人はいったい誰なのだろう。

次の記憶の風景は、それからもうずいぶん大きくなって、新潟県の柏崎《かしわざき》の海岸だった。ぼくは一人で広い海岸に出ていて、浜のむこうの巨大な波濤《はとう》を眺めていた。恐ろしい風景で、濡れた海岸のいたるところに大きな肉片がころがっていたのを鮮明に覚えている。誰かがそれを「鯨の肉だよ」とおしえてくれた。なぜ柏崎の海岸に鯨の肉片がころがっていたのか、それも謎だった。鯨の肉だよ、といったい誰がおしえてくれたのかもわからない。

記憶は冷淡だ。

あの波濤は夢と区別のつかないこころもとなさで、ぼくの記憶の断層のずっと深いところにまだ堆積したままゆっくり逆まいている。人生が進んでいくにつれて、その上に容赦なくおびただしい数の騒々しい風景が蓄積し、おそらくとんでもない圧力をかけているのだろうに、小さい頃にぼくのなかに焼きついた弱々しくおぼろな記憶は意味とか理由とは無関係に生き続けている。

大人になってから好きになった、でも、逢《あ》うたびに不機嫌だった女の記憶も、いまは茫《ぼう》洋《よう》としたものになってしまった。月に一度か二度は逢っていたから恋人なのかもしれないが、それならなぜあんなに不機嫌なのかぼくには謎で、その謎はずっととけずにいた。

海のにおいのする、遠いむかし埋め立てされた江戸の気配のする町の隅の酒場で若いのに会話の少ない酒を飲み、ぼくはなんとなく途方にくれて湿気のある外の闇に出た。

近くに運河があって、その低い堰堤《えんてい》の上を並んで歩いた。もうこの女性と逢わなくなってもいいや、とぼくは歩きながら考えていた。そのときいままで行き先の風景を遮蔽していた大きな倉庫を曲がると、対岸に夜の観覧車が見えた。それは輪郭に沢山の小さな電気をつけて、ゆっくり回っていた。

その日も酒場で女はなにごとか怒っていたのだが、その観覧車を見てから急におとなしい声になって「いいわ。もう何も怒らない」と言った。その声を聞きながらぼくは観覧車にむかって歩いていた。二〇歳を少しこえたぐらいの歳で、ぼくは写真の勉強をしていた。だからよく撮れるかどうか自信はなかったが夜の観覧車を撮ってみた。

その写真は、まだぼくの手元にある。いつも怒っていた若い娘の顔はもうすっかり忘れてしまった。その居酒屋も、たぶんないだろう。

曖昧な記憶と、写真だけが残った。

そんなふうなさして意味のあると思えない、数々の自分の人生のなかに堆積した記憶の断層を掘りこんでみるように、いま辿《たど》れる場所を歩いてみた。東日本大震災のように、ある日突然消えてしまうかもしれないかけがえのない風景もあるはずだ。

風景が消えないうちに、風景の多くの断片が衰えないうちに、それを大急ぎで回収するような気持ちでランダムに歩いてみた。もしかするとそういうところを歩いていくことによって何か途方もないものを見つけることができるかもしれない、というささやかな胸さわぎみたいなものもあった。

何も確信がないのとおなじくらい何も期待せずに、それぞれ短い時間、歩いてみた。

思いがけない感慨のある風景と、落胆に近いような風景があった。それは予想されたことであり、どっちでもよかった。

尋ねあるいた場所でもっとも遠かったのは南西諸島のイリオモテ島だった。

ふなうき丸

人口五〇人の、船でしか行くことのできないその集落は、風景としてはずいぶん変わってしまったけれど、人口は相変わらず五〇人だった。もちろんその五〇人もおそらく「そっくり」といっていいほど入れかわってしまっていたはずだ。

ずっと以前、はじめてここに来たとき、犬が一匹いて、ぼくはわりあい長く滞在していたのでその犬とはずいぶん親しくなった。

今度行ったときにも犬が一匹いた。

えらく暑い日だったのでその犬はずっと海の中に入っていた。この本のある章に書いたが、犬は自分でそのあたりの海の深さを知っているようで、なるべく背のたつところだけ選んで歩き回っていた。その背後に大きな夏の雲がゆっくり東に流れていた。

その光景は、おそらくぼくの記憶の断層のもっともあたらしいところに堆積していくような気がしたので、この本ではその光景を表紙にした。

ぼくはまだ、もう少し、人生のいろんな風景を見ていくことになるだろう。懐かしい風景をふりかえるよりも、数は少なくてもいいから、静かにこころ静まるまで眺めることができるようなやわらかい風景を見つけてみたい。

浦安

海は遠くに去り
もう青べかもなかった

チリ最南端。プンタアレーナスの丘の上の家。
マゼラン海峡から常に吹きつける強い風で
樹々はこうしてみんな風の吹いていく方向に曲がっている。

プンタアレーナス

ぼくが世界でいちばん好きな町はチリのプンタアレーナスだ。南米大陸の南端にあり、マゼラン海峡に面したゆるやかな斜面に町がへばりついている。

ここは風が強いので有名だ。海岸沿いの木や高台にはえている木はみんな陸側にむかって老人のように殆《ほとん》ど逆L字型に幹を曲げている。海側からずっと同じ方向に吹き続けている強い風によってそうなってしまったのだ。斜面の家はみんな風避けの頑丈な塀をはりめぐらせているし、空港にある小型飛行機は三、四箇所からの太い鎖によって「係留」されている。そうしないと突風によって飛行機の翼が煽《あお》られ、転覆してしまうことがよくあるからだ。

町が斜面にへばりついている、と表現したのはそういう特殊な環境によって町の造作が自然にそんなふうに見えるからである。

けれどぼくがこの町を好きなもっとも大きな理由は「変わらないこと」だ。港や町の風景、ひとつひとつの店、公園のたたずまい。ひっそり静かに暮らしている人々。それらは何年経《た》っても変わらない。

一九八三年に初めてこの町を訪れてから何度か訪ねているが、いつ行っても同じ風景がひろがっている。通りや左右の店、その中の造作も殆ど変わらない。

ぼくはこの町にくると、そこから奥地へ行く旅に使う道具などを必ず「アギラ」という金物屋に買いにいくのだが、この店の品物を置いてある場所は最初来たときから変わっていない。たとえば「アギラ」にいって小さなボルトとナットを買う場合、ぼくはそれらが入っている棚の引き出しを正確に知っている。日本からみるとちょうど地球の裏側にあたる小さな金物屋の棚の配列とその中身を知っている、というのはなんだか楽しい。その町のひとつひとつの造作、店とか小道の風景とか、広場とか陰気な市場とかが、みんなそんなふうなのだ。

変わらないのには理由がある。パナマ運河が開通する前までは太平洋と大西洋をつなぐ水路はケープホーンを回って「吠える魔の海域」といわれるドレイク海峡にむかわねばならなかった。その逆もしかりである。どちらにしてもこのプンタアレーナスが、難所海峡越えの出発と到着の拠点だった。それらの船がなくなってこのさいはての港町は世界航路から永遠に置き忘れられたような存在になった。

そしてぼくは、変わろうとしても変われなくなってしまったこの町に何度も行き、変わらないことの哀しみの一方にある、かけがえのない変わらないことの「価値」というようなものに気がつきはじめたのだ。

べか舟のある海

これからしばらく、ぼくは自分の記憶のなかにある日本の街や町や田舎や、ことによると岬のはずれやその先の島々などを訪ねる旅をすることになる。

「変化」という意味では、たぶん日本のそういう再訪地はプンタアレーナスとは正反対の状況になっているだろう、とのちょっと虚《むな》しい予測がつく。いまだってぼくの住んでいる新宿のヒンターランドにあたるごちゃごちゃした住宅地は、猛スピードで町の表情を変えている。ついこのあいだまであった雑貨屋がいつのまにかしゃれたネイル・カフェなんてものになっていて「おや?」と思うことなどざらだし、書店や豆腐屋や履物屋など重宝していた店が今月かぎりで閉店、なんていう寂しいおしらせ看板を何度見たことだろうか。

おそらくいま日本中がこんなふうに爆音をたてるように変化と変化を折り重ね、それを繰り返し、町や街の貌《かお》を加速度的に変えているのだろう。それを果して成長と呼んでいいのか混沌《こんとん》と呼んでいいのか、今のぼくにはまだわからない。

とりあえず、その実際を見に行くことにした。最初に選んだところは千葉県の「浦安《うらやす》」だ。日本でもっとも変化の激しい首都圏にあってとりわけ急速に大きく変貌したのが、この町であろうと思ったからだ。

六歳のときに世田谷の三軒茶屋から千葉の幕張《まくはり》に越したぼくは、同じ千葉県であり、東京湾に面して沿岸漁業が盛ん、という共通した事象から、浦安には子供の頃から親しみを感じていた。長じて年下の親しい友人ができ、そいつが浦安に住んでいたこともあってときおり訪ねた。そして、浦安を舞台にして書かれた山本周五郎の『青べか物語』はこの町に親しみをもつ者にとってはかけがえのない「自慢の一冊」となった。

ぼくが少年時代をすごした幕張の海岸にも「べか舟」はいっぱいあって、それは夏などしばしば町の子供らのいい「冒険」の道具になった。

べか舟は主に海苔ひび（竹で作った養殖海苔の海の畑のようなもの）を世話するために使わ

れている長さ一二尺（三・六メートル）、幅二尺八寸（八四センチ）程度の木造舟である。海苔ひびのいたるところに深く突き刺した竹があって、べか舟はそれに繋《つな》がれて浮かんでいたから、沿岸漁師の目を盗んで友達と乗り込み、海に出ていったりした。

遠浅の東京湾には「水脈《みお》」というものがあった。水脈は引き潮で干潟になったときはたんなる取り残された浅くて細長い水たまりだが、満ち潮になると、海流の強い流れのスジになる。

海側から陸側に海流がきているときは問題ないが、その逆のときはぼくたちの乗ったべか舟はどんどん沖に流されていくことになる。二度ほどそういう状態になり、一度は三人乗っていたので一人が小さなヘラのような艪《ろ》で必死に漕《こ》ぎ、二人は海に入って後ろから懸命に泳いで押してなんとかもとの海苔ひびの係留してあった竹に戻してつないだが、もう一度は漂流しているのをエンジン付きのそこそこ大きな船に発見され、牽引《けんいん》されて浜に戻してもらった。そのあと一〇人ほどの気の荒い浜漁師に猛烈に怒られ、学校の教師にまで知らされることになった。

漁師からしたら、そんなことで子供を行方不明にさせたりしたら、管理不行届などという理由で、あらぬ厄介に見舞われるわけだから、ああして怒られるのは当然だったのだ。もっとも子供のぼくたちは「こんな程度のことで大人が一〇人も……」などとその当時は不服顔をしていたしょうがないガキだったのだが。

漁師町の名残り

よく晴れた秋の午後、浦安駅から境川《さかいがわ》めざして歩いた。日本中にべか舟を有名にしてくれた『青べか物語』の舞台は現実的には周五郎が見て書いた当時の風景ではなくなっているだろうが、それは十分予想していたことだった。なにしろ浦安といったら東京湾でもかなり早い段階で猛烈なスピードで海面埋め立てをしていったところである。

浦安は明治二二（一八八九）年、町村制の施行にともない、堀江、猫実《ねこざね》、当代島《とうだいじま》の三つの村が合併して「浦安村」となった。けれど三方を海と川に囲まれた陸の孤島状態だったので戦前まで殆ど発展しなかった。浦安が注目されはじめたのは昭和三七（一九六二）年に漁業権が放棄され、その二年後から海面の埋め立てがはじまってからだ。埋め立ては第二期の昭和五六年まで続き、その結果町はかつての四・四三平方キロメートルから一六・

浦安市　昭和23年と現在（浦安市のＨＰをもとに地図作製／今井秀之）

九八平方キロメートルに面積が拡大した。元の浦安村のおよそ四倍である。地下鉄東西線も開通し、埋め立て地は宅地として開発されていったので人口は加速度的に膨らんでいった。

昭和五六年に「浦安市」となり、二年後の昭和五八年には東京ディズニーランドがオープンした。昭和六三年にはＪＲ京葉線《けいようせん》も開通し、埋め立て地区には高層ビルが建ち並び全体が短期間で急速に都市化していった。

浦安市の地図で、かつての陸の部分と埋め立て地の境界線を区分する線を引いてみると現在の浦安がいかに巨大に膨らんだ人工都市であるかよくわかる。

その日ぼくは自宅からクルマを運転してこの街に入ってきたので、適当な駐車場にクルマを入れたが、街の地図をくわしく見ないと自分がいまどこにいるのかよくわからなかった。

思った以上に街の様相が一変していたからだ。でも川の流路は変わらないだろうから、まずは記憶に濃い境川をめざした。

そこまで「フラワー通り」をとおる。なんだか恥ずかしい名称だ。営団地下鉄東西線が開通する一九六九年から七〇年代はじめの頃まで、そこは「浦安銀座」として栄えたところである。

旧江戸川一本へだてて東京と隣接している浦安は、その頃から街としての「存在感」になんとも危ういところがあった。巨大都市「東京」を眼前にして、浦安はいきなり亜空間を超えるようにして「時間」がとまっているように見える。もっとわかりやすい言葉でいえば「いきなりガクンと田舎になる」のだ。

改めて地図を眺める。

埋め立て造成したエリアをなくし、純粋なむかしの浦安だけを意識的に分離して眺めると、ここはやはり「島」のような存在だ。いまでも日本各地の島に行くと、フェリーでたった一五分ぐらい離れただけでもう喋《しゃべ》っている言葉が違っていたりする。島はもともと頑固に独自の文化を継承していく。浦安の「田舎くささ」は浦安の存在感そのものだったのだ。東京を目の前にして「浦安銀座」も「フラワー通り」も実に哀愁をもって田舎っぽい。ぼくにはそれが不思議に魅力であったのだけれど。

かつて「六軒宿」と呼ばれたところにぼくの友人が住んでいた。木造の古い家だった。そこに遊びにいくと友人の祖母がいつも廊下を拭き掃除していた記憶が一番に蘇《よみがえ》る。「クルクルよく働く」という言葉があるが、あれをそういうのだろうな、と今になると思う。いつもなにか本当にくるくるとめざましく家の仕事をしていた元気なおばあちゃんだった。その人が「さいですか」という言葉をよく使っていたのを覚えている。「左様ですか」という意味だろう。ぼくの友人はぼくより一〇歳ほど若かったが、やはり「さいですか」という言い方をしていた。江戸弁とどこか遠い田舎弁がまじっているような不思議な語感があって「さいですか」はぼくの浦安の最大の記憶の遺産だ。

フラワー通りはわずか四〇〇メートルほどしかない。「さいですか」の友人とそこで飲んだことがある。表看板だけモダンに改装したハリボテみたいな飲み屋だった。その通りにはやたら銭湯が多かったのを記憶している。聞いたらいまも三軒残っているという。漁師が多い町の名残りだろう。ぼくが子供の頃住んでいた幕張も沿岸漁師が多いところだったので、町の規模にしてはあっちこっちに沢山銭湯があった。そこへいくと背中に貧弱な入れ墨をした漁師らがよく酒に酔って裸で殴り合いの喧嘩《けんか》をしていたりした。

浦安も幕張も漁師が漁業権を売って海を手放した。広大な規模の海が埋め立てされて、片方はディズニーランドになり、片方は幕張メッセになった。でも「さいですか」の友人と浦安銀座で飲んでいた頃は、どちらも自分らが慣れ親しんでいた海がそんなものになるなんて想像することさえできなかった。

境川は浦安村になる前は左岸の猫実村と右岸の堀江村の境界をなすところだった。いまは都市河川によくあるようにコンクリートで両岸はびっしり護岸され、中途半端に濁った水がやはり中途半端な水量でのそのそ流れている。不思議にしんとした青空がひろがっていたその日、老人が釣り竿《ざお》をだしていた。

地形も建物も変わったが、川だけは昔のままの場所にしっかり流れていた

聞くまでもなくハゼ釣りだった。小さな布バケツの中になかなか立派なハゼが一〇匹ぐらい入っている。

「釣れてますね」

と挨拶がわり。

「まだこんなもんじゃだめだよお」

老人は言っていることとは逆に、嬉《うれ》しそうにそう言った。このあたりではむかしは一八〜二〇センチぐらいのハゼが普通に釣れたという。餌《えさ》はハゼのよく食うイソメだった。むかしと変わらない。

そこから少し行くと、祖母と嫁さんのような二人が店先の日溜《ひだ》まりに白い餅《もち》のようなものをセッセと干していた。よく見ると餅ではなくて煎餅《せんべい》だった。浅田煎餅本舗。明治二一年創業の老舗《しにせ》で、全国的に有名な店であった。気安く声などかけて失礼しました。

「いまでも天日に干しているんですか」

「そのほうがやっぱりいい乾燥をするんでね」

下町気質《かたぎ》の人は、そのときのぼくのようにいきなり写真を撮るという失礼なことをしたあとにそんなことを聞いても愛想よく答えてくれる。太った猫が一匹、もう満足、というような顔をしてその前を横切っていった。当然ながら浦安の土地猫だ。

ゴーストタウン

そのまま浦安海岸に出た。といっても埋め立て地の先端だから、そこは初めてみる場所だ。このあたり一帯、二〇一一年三月の三陸沖の地震で液状化し、いたるところで土地や建物の被害が出た。コンクリートがかためられている埋め立て地の先端部分もあちこちが破損し、その修復工事が行われていて、突端部分には行けるところと行けないところがあった。

迂回《うかい》して海岸に出た。目の前は千葉の海だ。幕張メッセが見える。遠くに貨物船が数隻。航行しているのか停泊しているのかそこからではよくわからない。漁船の姿はなかった。このあたりの漁業はもう消えてしまったのだ。魚を捕っている船があるとしたら、それは釣りの乗合船ぐらいだろう。

いまきた道を振りかえると思いがけないくらい広い道の左右に高層ビルが林立している。それも初めて見る知らない浦安の風景だ。

人がまったく歩いていない、というのも不思議な風景だ。ふいに真昼のゴーストタウンという言葉が浮かぶ。近くにいくとここもあちらこちらで液状化の被害跡が見える。オーシャンビューとして人気の高層マンションはあの震災で思わぬ足元の不安に見舞われた。つい最近見た週刊誌の記事によると、浦安の地価の下落が、大都市圏人口一〇万人以上の市で最大となった、ということだ。強引な都市化というのは残酷なものである。

車もあまり走ってこない高層ビルのあいだの道をいくと、どこの国の建築様式なのかわからないひときわ目立つ派手なビルが並んでいた。人や車の出入りがないからわからなかったのだが、それらはみんなホテルなのだった。閉鎖されているのかと思ったら、一階にあるコンビニには販売員の姿が見え、ホテルの玄関の奥には従業員らしき人の姿もチラチラみえる。ビルの横手に退屈そうにしているクルマの誘導係の女性がいたので聞いた。

「このホテル営業しているんですよね」

「ええ」

境川で出会った人ほどきさくに話ができる雰囲気ではなかったが、退屈だったのかこのいきなりの質問にちゃんと答えてくれる。

「どんな客が泊まっているんですか？」

「ほとんどディズニーランドへのお客さんですね」

そうか、なるほど。簡単なことに気がつかなかった。

「では夜になるとここらも賑《にぎ》わうと……」

「ええ、まあ」

「でも食事なんかはどうするんでしょうかね。見たところ、ここらにレストラン街などはないようですが」

「コンビニがありますから」

そうか。なるほど。どうも本日のわが反応は「そうか、なるほど」ばかりだ。

しかし、見たかんじラスベガスかハワイかと思うようなシチュエーションのホテルに泊まってコンビニ弁当はあまりにもチープだ。

さらに少しいくと、相変わらずクルマもヒトの姿も殆どない大きな交差点で信号待ちしている少年三人組と会った。子供に出会うのは初めてだ。交通機関もないのにいったいどこからやってきたのだろう。

「君らはどこから来たの?」

「はい、そこです」

三人揃《そろ》ってすぐ後ろ側にそびえる高層マンションを指さす。

そうか、なるほど。

「どこで遊んだりするの?」

「海浜公園とか、スーパーとかです」

都会の子供らしく回答テキパキ、言葉づかいもきちんとしている。でも言っていることが寂しい。

船宿「吉野屋」

鉄鋼通りを通って再び境川沿いに出た。鉄鋼通りは昭和四三年、第一期海面埋め立て事業のあとに誕生した工業団地を貫く通りだ。ここには約二七〇の倉庫、工場が並んでおり、先程のリゾートホテルや高層マンションのあった通りとはうってかわって大型トラックが次々に唸《うな》りをあげて走っていく。

そういう埃《ほこり》っぽい道路と交差する境川の橋の下に水没した木造舟を発見した。べか舟よりははるかに大きいが、もうその役目は終えたむかしの舟のようだ。

小さな遊漁用の舟らしいものやプレジャーボートのようなものが数隻もやってある。けれど川に人の姿はなく、わずかに鴨らしき水鳥が川面にV字型の跡を引いている。

川沿いの道が大きく彎曲《わんきょく》するところに、船宿「吉野屋」があった。六軒宿の「さいですか」の友人を訪ねてきた頃、一度その前を通ったことがある。

「うまいキスの天ぷらを食わせてもらえるんです。いつか食いにきましょう」

通りすぎながらそいつが言ったのを覚えている。「吉野屋」は山本周五郎の『青べか物

山本周五郎が書いた船宿「千本」のモデルはこの吉野屋

語』に出てくる「千本」のモデルになった船宿だ。

道路側と横側がそっくり素通しのガラス戸になった明るい店の広い土間がみえる。そのガラス戸をあけて「少しお話を伺っていいですか」と聞くとテーブルに新聞を広げて見ていた中年の人が「どうぞお入り下さい」といい感じで迎えてくれた。また下町気質のエリアに戻ってきた実感だ。

一〇〇年の歴史がある船宿「吉野屋」の四代目店主、吉野眞太朗さんだった。

「『青べか物語』の頃の話をお聞きしたいんですよ」

奥さんらしき人が素早くお茶をいれてくれる。

土間にあるストーブがそのまま豊かな昭和の歴史を語っており、店主の後ろの欄間のあたりに掲げてある写真に山本周五郎の姿がみえる。

「あの隣にいるのがわたしの親父です」

周五郎が『青べか物語』の取材にきている頃の写真だろう。背景にみえるのは当時の境川らしい。

「むかしと風景はずいぶん変わったんでしょうねえ」

それはもう、という顔をして四代目は大きく頷《うなず》いた。

「海がまるで遠くへ行ってしまいましたよ」

そのとき船釣りに行っていたらしい客が数人どやどやと帰ってきた。キスとカレイが釣れたらしい。今は宿のすぐむかいにある旧江戸川から釣り船を出しているようだ。

『百万坪から眺めると、浦粕町がどんなに小さく心ぼそげであるか、ということがよくわかる。それは荒れた平野の一部にひらべったく密集した、一とかたまりの、廃滅しかかっている部落といった感じで、貝の缶詰工場の煙突からたち昇る煙と、石灰工場の建物ぜんたいを包んで、絶えず舞いあがっている雪白の煙のほかには、動くものも見えず物音も聞えず、そこに人が生活しているとは信じがたいように思えるくらいであった』（『青べか物語』新潮文庫、一九六四年。浦粕とあるのは浦安のこと）

山本周五郎は茶目っ気があって、船宿「吉野屋」を小説で「千本」にしたのは「吉野の千本桜」からきたらしいです、と四代目が話してくれた。

当時からエリアが四倍にもひろがってしまったごったがえしの街「浦安」。震災のとき、元から地面の上にあったそのあたり旧浦安は殆ど被害はなかったらしい。

帰りに河堤を登って夕暮れまぢかの旧江戸川とその対岸、東京を眺めた。六軒宿の友人の家の跡を見ていこうかと思っていたが、彼は一〇年前にガンで死んでしまったし、残された家族とも連絡はとれなくなっている。行っても場所は正確にはわからなくなっているだろうからそのまま帰ることにした。

新橋・銀座

かわらない
風もときおり吹いて

新橋の駅前広場はぼくの青春の「気持ちと体」のごったがえしていた場所だった。
長い年月のあいだにきれいになったり汚くなったりして風景はいつも動いていた。

駅前広場

二〇代から三〇代にかけてのサラリーマン時代、もっとも濃厚に触れてきた風景であるその頃の職場、会社のあった場所に行ってみた。もう三〇年以上も前の古き「なじみの場所」だ。モノカキになる直前まで通っていた、正確には三三年前までの新橋、銀座界隈である。

最初に新橋駅前に立ってみた。

駅前広場がある。むかしとほぼ同じ場所だ。今は大きな機関車C11292が置かれていて有名だ。「新橋駅前SL広場」と呼ばれているらしい。「汽笛一声新橋を……」の由緒ある場所だからおさまりがいいのだろうが、ぼくにはちょっと眩《まぶ》しい——というかなにか少々気恥ずかしい気分だ。

この広場とは深いつきあいがある。学生時代、殆ど退学寸前の状態のまま、ここで「たちんぼう」をやっていたことがある。早朝ここにたむろしていると、土建会社の下請けがやってきて日雇い労働者を招集する。その日どんな下請けに拾われるかわからないし、どんな現場にいくかもわからなかった。東京オリンピック直前の、東京中が突貫工事みたいにしてワサワサしていた時代で、日雇い仕事はいくらでもあった。かなりすごいピンハネをしているのだろうが若いぼくにはいい金になった。

その当時（一九六〇年代）は広場になぜかけっこう大きな青空ステージがあって、そこではよくわからない催しが発作的とでもいうような唐突さで行われていた。よく覚えているのは「全国チンドン大会」で、その名のとおり全国からチンドン屋さんがたくさん集まってきて、その技を競いあっていた。どこがなんのために主催してどんな効果があったのかはまるでわからない。退屈まぎれに広場の端のほうから眺めていた。哀愁のあるカネや太鼓、ラッパの曲が高曇りの空をフワフワ昇っていくような風景だった。

近くに場外馬券場があり、その背後にはかつて日本最大の闇市があった。若い頃、ぼくはそのあたりに密集しているバラックといっていいような建物の一杯飲み屋でよく飲んでいた。仕事にあぶれた無宿者が昼間からバクダンといわれる凶悪な安酒を飲んで荒れていた。酔って倒れている人もよく見たが、警官もそこらにいる人も誰もかまわなかった。おぼつかない動作でよく酔っぱらい同士がまるでパンチのあたらない喧嘩をしていた。

街頭テレビができて一四インチぐらいの小さな画面の力道山プロレスを五、六〇〇〇人の人が押し合いへし合いして見ていたのもその広場だった。当時すでに戦後二〇年も経っている筈《はず》なのに、そこはまだいたるところ「戦後」のごった返しの臭いや風があった。

フンドシじゃなきゃ

ぼくがサラリーマンになったとき応募した会社が新橋にあったのは、偶然ではなく、ぼく自身が馴染《なじ》みのある新橋にある会社を探していたからだった。新橋駅の烏森口《からすもりぐち》から出ると三方向に分かれる道の真ん中である「西口通り」をまっすぐ歩いていくと五、六分で着く。新橋五丁目の中沢ビル。六階建てぐらいの小さなビルで、ぼくの勤める会社はそこの五階にあった。

デパート関係の業界紙を出している会社で、社員は男しかいなかった。およそ二〇人。みんなしけた顔をしていて、ぼくだってまわりから見たら絶対にしけた顔をしてそこに通っていた筈だ。

社員はいわゆる一筋縄ではいかないいじけた曲者《くせもの》ふうが多く、性格は別にして面倒くさい順にいうと文学青年崩れ、学生運動家崩れ、なにかの賭博師崩れ、女の紐崩れと「崩れ系」が多かった。映画青年崩れは履歴書の「趣味」の欄に「議論」などと書くややこしい奴《やつ》だった。

入社したその日に髭面《ひげづら》の古強者《ふるつわもの》ふうがぼくのそばにやってきて「お前パンツ何をはいている?」といきなり聞いた。とっさには答えようがなく「いやフツーのパンツですが」とやっと答えると「パンツは駄目だ。フンドシをはけ。男はフンドシだ」と叱るようにして言った。ここはゲイの会社か、と一瞬焦ったが、その人は九州男児で、生まれてからずっとフンドシをはいている、というのが自己紹介のかわりみたいな人だった。趣味は喧嘩だ、と言った。でも基本的には寂しがり屋のいい人で、最初に親しくなった。

社長はフランス文学崩れで、月一回やる全体朝礼では訓話のかわりにジャック・プレヴエールやアルチュール・ランボーの詩なんかをもちだし、それを朗読したりした。もちろん誰も聞いてはいなかったけれど。

専務という人もだいぶ変わっていて自由律の詩人であり、斯界《しかい》では有名な蛇の研究家だった。自宅に三〇〇匹ぐらいのいろんな蛇を飼っており、〝愛人〟という小さなミドリへビをいつもポケットにいれており、話をしているとそれが勝手にポケットから出てきて服を伝わって首筋のあたりに登ってきたりするのだった。この話を『新橋烏森口青春篇』という小説に書いたらＮＨＫの「銀河テレビ小説」になって、その蛇の専務を伊東四朗さんがやっていた。伊東さんは蛇が大の苦手だったので、その場面には苦労したらしい。

ぼくはその会社に慣れてくると子分をいっぱいつくり勝手なことをやっていた。飲み代がなくなると会社の横のヒト一人やっと通れる隙間《すきま》にハシゴが置いてあるのをみつけ、夜は玄関は閉まっているのでそのハシゴで二階の便所の窓から侵入し、五階にある自分の会社のストーブでスルメを焼いたりして安上がり宴会なんかをひらいていた。窓を開け放たずにそのまま帰宅したので、翌日「会社中がスルメ臭い、ヘンだ」といって風紀係みたいな役をしていた経理部長が騒ぎだしたことがあった。

魔の誘惑道路

まさしく青春時代の「熱い空間」がその界隈《かいわい》だった。しかし当時の住所をたよりに探したが、そこらしいところには唐突に巨大なビルが建っていて、記憶にある風景はいっさいなかった。なによりも驚いたのはそこまでいく途中に巨大な運河のような道路の建設工事が大がかりに行われていたことだった。あとで環状二号線が作られていると知ったが、東京の風景は三〇年で根底からまるっきり一変するのだ、ということをあらためて認識した。

会社から新橋駅にむかう道の左右にはむかしから大小さまざまな飲み屋が並んでいてサラリーマンがなかなか駅まで行き着かないような仕組みになっていたが、その「魔の誘惑道路」の密度はさらに濃厚になっており、けばけばしさも増していた。まだ時間は午後四時だったが、のれんの端からすでに飲んで陽気になっているサラリーマンの姿も見えて、その情景はむかしとまったく変わらない。ようやく安心できる情景に出会った気分だった。

呼び込みのあんちゃんがそんな時間からもういっぱい出ているのだけが大きく変わったところだった。「早い時間に飲める店ですよ」などと言っている。無粋な。そんなのは酔っぱらいたい奴が自分で探すものじゃあないか。

この国のサラリーマンは同じ会社に勤めている同僚や、上司と部下などがこうして帰宅前に一杯飲み屋に寄っていく。これはぼくがサラリーマンをしていた時代とまったく変わらない状景で、よその国の盛り場にはなかなかない世界的にふしぎな風習らしい。日本のサラリーマンはまだ共同体意識が強固にあるということなのだろうか。

その通りにはぼくが上司に連れていって貰《もら》った安い飲み屋が何軒かあったが、もうみんな変わったらしく、特定できなかった。居酒屋の変転ぶりは一番激しいような気がする。

蛇の専務の馴染みの店が一番記憶に濃い。どうということのない店だったが、たしか「お久」とかいった。そこのやっぱりどうということのない女将《おかみ》に蛇の専務はいつも「よう、今夜あたりイッパツやろうよ。これだけ来てるんだからそろそろなにか『お返し』するのがニンゲンというものだろ」などと陽気にからんでいた。

フンドシの九州男児がよその客と喧嘩して派手に殴りあい、相手を血だらけにして駆けつけてきた警官に逮捕されたのもその店だった。毎日夜の九時ぐらいですでにその西口通りは酔っぱらいばかりが歩いていた。酔ったサラリーマンが数人つれだって盛り場を「ガードマン」も連れずにふらふら歩いている風景を、欧米人をはじめ、タイやフィリピンなど途上国と言われる国々のビジネスマンなどもみんな奇跡的な風景だと言って不思議がる。新橋は神田と並んで東京の二大サラリーマン天国といえるかもしれない。かつてぼくも「しあわせな気分」でそういう安泰を享受していたのだ。

新橋の駅から浜松町方向に五〇メートルほど行ったところのガード下に小さな映画館があるのもむかしと変わらなかった。二館並んでいて、ひとつはまともな古い映画。もう一館はピンク映画の三本立てだ。記憶はやや混濁していて、以前はもう一館あったような気がするが確かめようがなかった。

20代の頃勤めていた会社から新橋駅に向かう道。
居酒屋行列ユーワク通り

ときおり会社をさぼって、そこで古い映画を見ていた。便所がスクリーン横にあるので、便所にいくと出てくるときに観客に顔が丸見えになる。会社の同僚がいたりして「おう」などと言って隣りあって見たりした。何時《いつ》もすいていたからそんなことができたのだろう。ガード下だから

30年前の黄金の生ビールがまだあった

常に頭の上に電車の走っていく音が轟然《ごうぜん》と聞こえる。深刻な場面で役者のセリフがヒソヒソ声になっていたりすると「聞こえねえぞ!」などと酔っぱらいの観客が叫んでいたりした。そういう映画館がまだ残っていた、というのが嬉しい。入場料金は九〇〇円で条件が悪いわりにはけっこう取っている。

駅近くに「灘《なだ》コロンビア」の流れをくむビアレストラン「ビアライゼ'98」がある、という情報を得たのでそこを訪ねた。

むかし東京駅八重洲口に日本で一番うまい生ビールを飲ませる店があった。もう亡くなったが、新井さんというにこやかなマスターが独特の二連のサーバーを使っておそろしくキメ細かな泡の生ビールを注ぐ。ジョッキの泡にマッチ棒を差し込むとそのまま泡のなかで立っている、という密度の濃さだった。その唯一のお弟子さんである松尾さんが二連のサーバーを受け継いでやっているかなり大きなビアレストランだった。

「灘コロンビア」という店名はもともと「灘」と「コロンビア」という別々の店を経営していたが、それをひとつにまとめてしまったのだという。

その頃ぼくは国分寺から東京駅まで通っていたので、東京駅のその店で一杯やって帰る、ということも多かった。懐かしい歴史がこうして繋がっているのは嬉しい。お弟子さんはぼくのことを覚えていてくれてやはり同じようなキメ細かい泡の生ビールを出してくれた。

昔の名前で

再び新橋駅前広場に戻り、駅前のニュー新橋ビルの地下をざっと歩いた。

一九七一年。駅前のバラックの集合体のような飲み屋とか商店二〇〇店がこの中に移住してそれぞれ晴れやかに新店舗をかまえた。けれど結局はそれも東京オリンピック前後の〝浄化作戦〟の一環だったのだろう。

このビルよりも五年ほど前に少し規模の小さな新橋駅前ビルが作られており、目的は同じようなものだった。ぼくたちはそれを「改造ビル」と呼んでいた。

その地下の飲み屋の何軒かがなじみだったが、もう見つけられなかった。むかし一軒もなかった中国か台湾系の店がやたらに増えている。そういう店の女性の呼び込みが激しく、それも大きく変わった風景だった。むかしは呼び込みなんかで客は知らない店に入らなかった。

「酒蔵　翁《おきな》」という店があった。

サラリーマンの頃の同僚たちとのたまり場だったところだ。酒の肴《さかな》をあらかじめ大量に作って大皿に盛り、客はそこから好きなものを注文する、というシステムも変わっていない。ただし中年女性の経営者らしき人はむかしとは違う人だった。聞けば、経営者交代はあったけれどその店に間違いなかった。

その頃一緒によく来ていた同僚社員の名前が双方でいろいろ出てきた。ぼくがモノカキになったあとに書いたあるエッセイに「陰気な子安」と紹介してけっこう名前の知られてしまった奴がいつも一人で座っていたカウンターを、女性経営者がおしえてくれた。それ

サラリーマン初期の頃のたまり場だった

はぼくが会社をやめたあとのことらしい。

「陰気な子安」は「浦安探訪」のときに書いた六軒宿に住んでいた男だ。もう一〇年ぐらい前にガンで死んでしまったそいつの話がまたここで聞けるとは思いもよらなかった。不思議な何かの「つながり」だが、自分のむかしの馴染みの風景をたずね歩いているのだから、そういう記憶の連結は当然ともいえる。

新橋にあったその業界紙の会社はぼくがまだ在籍しているときに銀座に移転したが、ぼくが辞めてしまったあとにまた移転してどこか小さな町に引っ込んでしまったらしい。業界がすっかり景気後退し、コバンザメのような業界紙は当然のように経営難に陥って社員もスカスカになってしまったようだ。フンドシの九州男児はぼくがやめる少し前に郷里に帰ってしまった。

会社が移転してしまったのでその店に当時の常連はもう誰も来ていないが、互いに知り合いの名前を出していくと女性経営者はどんどん目が潤み、そのうちハンカチをだして目頭を拭っていた。これを機会に、新橋界隈にきたときはまた寄らせてもらいます、と約束して店を出た。本当にそこへ行ってみようと思っている。

そこから銀座方向にいく。途中けっこう長く暗いガード下をくぐっていく。むかしはその通りの横にもうひとつ規模の小さなガード下の空間があって、そこに「新橋紳士」と呼ばれる一群がいつもいた。今でいうホームレスだ。

彼らはニュー新橋ビルができる前にあった大型キャバレー「ハリウッド」の裏手に朝方集まり、酒問屋が引き取りにくる前にケースに入ったサケの瓶などからわずかに残っているのを石油缶に溜めていた。ビールもウイスキーも日本酒も全部いっしょくただ。いろんな酒の混じったそいつを「スーパーカクテル」と彼らは呼び、それで酒盛りをしていた。

何度もその宴会の前を通っているうちに「新橋紳士」と親しくなり「あんちゃん飲んで

いきなよ」などと言われてゴチソーになったことがある。会社に行く前だからあまり飲めないが、そんなに沢山飲める味でもなかった。彼らもオリンピック前に一掃されたが、気のいい人が多かった。

新橋と銀座の間に高速道路がある。その下は「新橋センター」といってしゃれた商店やレストラン、小料理屋などがテナントとして沢山入っていた。いまは「銀座ナイン」というそうだ。実際にはない銀座九丁目、というわけなのだろうか。

むかしぼくたちはそこを「国境」と呼んでいた。新橋から行って「国境」である新橋センターを越えると、とたんにきらびやかな花の銀座になり、やや緊張した。その近くにはダンスホールの「ショウボート」があり、スマートボール屋やなぜか駄菓子屋などもあった。そこらは三井アーバンホテル（現、ホテルコムズ）になっている。

会社が銀座に移ってからも何割か安い新橋エリアに「越境」して、そっち側で飲んでいたが、「新橋センター」にも先輩に奢《おご》ってもらってときおり行っていた店があったのを思いだし、探した。場所は変わっていたがたしかにまだあって、ちゃんと「そうかわ」という昔の名前でやっていた。

ちょっと挨拶のつもりで顔をだすと、主人はちゃんと覚えていてくれた。奥さんと一緒にやっていたので「奥さんは元気ですか」ときいたら、娘さんのような若い和服美人を指さしている。「お嬢さんですか？」ときいたら「女房替えたんだよ」と笑いながら言った。

銀座で変わったことの、これもひとつだ。人生いろいろだなあ。

屋上のテント

新橋から銀座に越した会社は銀座の本通りに面していたから、立地的にはたいしたものだったがビルは古かった。社員も三〇人になっており、ぼくはその頃新雑誌『ストアーズレポート』の創刊を企画してそれが成功し、取締役編集長になっていた。二七歳の頃である。社名も「ストアーズ社」と変わっていた。

今思うとわが人生のなかでその頃が一番真剣に働いていたように思う。仕事が楽しくてしかたがなかったのだ。朝も夜もその雑誌のことを考えていた。徹夜することも多かったが、チビ会社のくせにヘンに規則に厳しい役人みたいなコトばかり言っているあのスルメくんくんの経理部長がいて、会社内での宿泊を禁じた。通勤時間が惜しかったので、ぼくは屋上にある塔屋《とうや》の上にテントを張ってそこで寝泊まりしている時期があった。家から一合炊きの釜を持ってきてラジウスでごはんを炊いて自炊した。塔屋の上である。思えばめちゃくちゃなことをしていたが、仕事熱心、ということでもあったのだ。

その頃のことを後に『屋上の黄色いテント』という小説に書いたらフランス語訳され、フランスの女性がそのストーリーにぴったりのイラスト物語のようなものを沢山書いてくれたので、他の短編とくっつけてそれは同じタイトルの単行本になった。

銀座はそのむかし「柳にツバメ」だった。森繁久彌は「銀座の雀」というのを歌った。でもぼくがサラリーマンの頃はツバメもスズメもおらず、七、八丁目あたりの遊興エリアからでる生ゴミを狙って朝方などカラスがわんさか集まっていた。ぼくが忙しいときに泊まっていた塔屋のテントまわりにも銀座のカラスが羽休めに飛んできた。そこで作家になってはじめて挑んだ「朝日新聞」の連載小説は『銀座のカラス』というタイトルにした。カラスの街でぼくもカラスみたいな生活をしているんだなあ、と思ったからだ。

その頃ときどき業界の経営者などに銀座のクラブに連れていってもらった。いま隆盛のバーやクラブがごっそり入ったケバケバしいビルではなく、一戸建ての表に蔦《つた》がからまるひと時代ちがっているような「ゴードン」というバーがあって、そこではピアノ演奏で映画女優のような人が「ケ・セラ」などを本職歌手のようにして歌っていた。

探してみるとその店はまだあったが、店名も何も書いてない。入り口のドアもあかないが、小窓の隙間からなかに灯が見えた。どうも会員制の高級クラブのような感じだった。近くにある天ぷらで有名な「天國《てんくに》」はぼくがサラリーマンの頃はまだ瓦屋根の和風建築だったのが、いまは八階建ての大きなビルになっているし、銀座通りに面したビルはみんな表の様相を変えている。でもその界隈で蔦のからまるその店だけがひとり時間をとめてしまっているようにしてまったく変わっていなかった。

むかし勤めていた会社のあるビルは、今は「銀座リヨンビル」というのになっていた。表の装飾は美しいが建て替えていないとすれば中はだいたい予想できる。

そのリヨンビルの通りを挟んで最近ぼくがよく行くようになったあたらしいビアレストラン「ローマイヤ」があるので、そこに行ってドイツビールを飲んだ。むかしは銀座には個性的なビアレストランがいっぱいあったのだけれど、いまはみんななくなってしまった。それが寂しい。

武蔵野

雑木林がなくなった
なつかしい武蔵野のからっ風

かつて江戸庶民に水を運んだ玉川上水は、まだゆるやかに流れている。
単線の私鉄電車がむかしと同じように短い橋をわたっていく。

「国分寺書店」はもうなかった

二五歳からほぼ二〇年間、小平《こだいら》市に住んでいた。最初の一〇年はサラリーマンだったから、前回散策した新橋や銀座にその町から通っていた。自宅から私鉄の駅まで急ぎ足で約七分。その駅からふたつめのターミナル駅が国分寺で、中央線で荻窪《おぎくぼ》までいく。そこで地下鉄丸ノ内線に乗って赤坂見附《みつけ》で地下鉄銀座線に乗り換える。おお忙しい。

会社まで一時間一五分ぐらいかかった。乗り換えが多く必ず本を読んでいたから、この時期通勤時間だけでひと月に一〇冊ぐらいは読んでいたように思う。当時は電車のなかで本を読んでいる人がとても多かった。ずっと立っていて乗り換えが三回もあるのだが、まだ若かったので通勤での疲労感はあまりなかった。帰りは東京駅から中央線でまっすぐ国分寺まで、ということが多かったから、通勤定期は両方のものを持っていたのだろう。そんなに裕福に交通費を出してくれる会社ではなかったので、どちらかは自腹で買っていたのだろう。記憶はもうない。

会社の同僚らとしこたま飲んで帰ることもよくあったので、国分寺を乗り越して終点の「高尾」まで行ってしまうこともときおりあった。まだ上りの電車があればいいが、ない場合は駅のベンチで寝てしまう。すると駅員に起こされ排除される。自分が悪いのによく駅員と喧嘩をした。警官が走ってきたこともあった。冬はタクシーで帰るしかなく、安サラリーマンにはもの凄《すご》い散財となった。

秋の頃は東京駅から電車に乗って吉祥寺《きちじょうじ》まで来ると「ホッ」とし、国分寺まで来ると「ゾッ」とする、とよく言われた。まだそれだけ都心とは実際の空気感がちがっていたのだろう。

わが人生で見てきた風景がどんなふうに変わったか。あるいは変わらないでいるか。そういうコトを「見にいく」旅は今回もっとも長期に住んでいた町がターゲットだから、見たいところはいっぱいある。

まず一番変わったのは国分寺駅だった。

この駅からは私鉄の西武国分寺線と西武多摩湖線（どちらも単線）と、府中方面へいくJRの短い支線があった。これは主に府中の競馬場にいく客を乗せていたようだが今はもうない。

国分寺駅はこのあたりではやはりちょっとしたターミナル駅だからいつも沢山の人で賑わっていたが、久しぶりに訪ねたその駅はかつて栄えていた北口が取り残されたように汚くさびれ、かつてあまり降りる人もいなかった反対側の南口が圧倒的に立派になり、風景に活気があった。栄華は逆転していたのだ。その南口がまだひっそりしていた頃にぼくがよく行っていた古本屋が二軒あった。そのうちの一軒は「国分寺書店」といった。神田の古書店のようにいい本が揃えられていて、とくに民俗学の本が充実していた。店主は白髪をひっつめた初老の婦人で、この人がたいへん怖かった。雨の日に入り口のガラス戸をきちんと閉めなかったり、濡れている傘をいいかげんなところに置くと「ピシャリ！」というふうに鋭く怒られた。平積みになっている本の上に持っていたバッグを置いたりするとまたもや「ピシャリ！」だ。

あまり怖いので、この店の常連ばかりが店内に数人いるとそれぞれが発信する緊迫感で店内の空気がピリピリしていた。

ぼくがモノカキになったきっかけは、実にこの店のそういうありさまをモチーフにして

かつてのつつましい北口ロータリーは日本の代表的な汚い看板だらけになっていた

書いた『さらば国分寺書店のオババ』というエッセイ本がベストセラーになってしまったからだが、書いた当時は書店の固有名詞もそのままで、怖い店主のその怖さを誇張して書いたが、こんな本どうせそんなに売れはしないだろうという予測と、ぼく自身がまだ幼く、あらかじめモデルとして書くのをことわっておく、というような知恵がなかったからだ。

あとになって思うに、その店主が客の心ない行動に対して怒ることはすべてまっとうで、礼儀のない学生などはこの店主の叱責によってかなりしっかりと社会のルールを学んでいたのだ。店主の白髪の婦人は津田塾大出の博識なインテリである、ということもあとで知った。

いわゆる「風のうわさ」で聞いてはいたが、南口の再開発にともなってこのお店はとうのむかしに閉店しており、その店があったところには大きな商業ビルが建っていた。

その「国分寺書店」よりもだいぶレベルの落ちるもうひとつの古書店もなくなっていた。かつてあったロータリーがなくなっているので、それらの書店跡が正確に今のどの場所にあたるのか、ということさえ、もうまるでわからない。感傷も悔恨も胸中に浮かべる余裕も妥協もなく、風景は激しく「変化」していた。そう、このばあいは「風景が進化した」とはけっして言えないだろう。

駅からの外観の「にぎやかなほう」と「さびれたほう」がこれだけ見事に逆転している、というのも珍しいのではないだろうか。

かつて「にぎやか」だった北口は駅から見ると大小とりどりの看板がじつに汚い。日本の風景を一番汚しているのがこの無差別といっていい看板の乱れぶりにある、とよく言われるが、そこはまさに「ごちゃごちゃ」の見本のようになっていた。かつてロータリーだったあたりには利権問題かなにかがからんでいるのか、コンクリートの塀がふたつ、汚い

ベルリンの壁のように中央近くに邪魔物然と立ちふさがっているし、鉄網が戦場のように
その周囲にかぶせられている。

消えたチョモランマラーメン

ぼくがむかし住んでいた家は国分寺駅から出ている二つの私鉄路線のあいだに位置して
いたから、国分寺に出るときはどちらの私鉄を使ってもよかった。駅は「一橋学園《ひとつばし》」と
「鷹の台《たかのだい》」である。後者のほうの路線はそのひとつ国分寺寄りの駅が「恋ヶ窪《こいがくぼ》」で、大岡
昇平の小説『武蔵野夫人《むさしの》』に出てくる。

まずは「一橋学園」の駅にむかった。

ここにはかつて何度も通ったラーメン屋「大勝軒《たいしょうけん》」がある。いまやラーメン好きにと
って大勝軒はあこがれの聖地のようになってしまったが、名前だけ勝手につけているイン
チキ大勝軒もけっこう多いし、本家の大勝軒も、池袋系と永福町系の二派あり、ここは正
統的な永福町系である。

駅名が語っているように一橋大学のすぐ近くにあったので、ラーメンの超大盛りが有名

この大勝軒のラーメンがわが子育て時代の黄金記憶だった

だった。麺玉が六つなので、洗面器のように大きなドンブリでもぜんぶ入りきらず、麺がスープから大きく突き出てチョモランマのように聳《そび》えている。そのためこれとは別の小さいドンブリにスープだけいれたのを出してくれた。チョモランマ部分はまず「つけめん」として食べなさい、というわけだ。むかしはこれをちゃんと食べたサムライがけっこういたが、いまは挑戦してもとても無理なので六玉は廃止。四玉の「大盛り時代」がしばらくあったが、いまはこれも無くしたようだ。学生たちがだらしなくなったのか。

　現在いちばん量が多いのが三玉入りの「中盛りラーメン」（一三〇〇円）で、これが大盛りがわりになっているらしい。でも普通のラーメンでも麺二玉を使っているから、普通といっても油断ならないのだ。取材スタッフのトキオカ青年が三玉ラーメンに挑んだ。

七〇歳を越えた店主の小野寺さんはラーメン一筋五五年だ。麺を茹《ゆ》で、トッピングしてできあがるまで流れるような惚《ほ》れ惚《ぼ》れする年季の技だ。

このお店にぼくが最初に来たのは三〇代はじめの頃だった。ぼくは小学生の息子と一緒によく通った。「ラーメン命！」のわが息子は小学校六年のときに麺四玉時代の大盛りを一人で食ったことがある。

小野寺さんはテキパキした働き者の奥さんと二人で今の店よりも大きな店で人気ラーメンを作っていた。しかしその奥さんは本当に悔しく思いがけない事故で亡くなってしまった。三人の子供を抱えて、小野寺さんがカラ元気でその顚末《てんまつ》を語ってくれた日のことを鮮明に覚えている。その三兄弟の一番下の子に子供が生まれ、小野寺さんはいまはぼくと同じおじいちゃんだ。

この町の記憶の風景は「大勝軒」とともにぼくの脳裏に色濃く刻まれているようだ。そういう目でさらに町のあちこちを歩いてみると、変わったものと変わらないものの比率がなんとなく見えてくる。

「魚勝」という魚屋さんにぼくは妻とよく買い物にいった。気風《きっぷ》のいい魚屋さんで、一尾まるごとさばいてくれるカツオなど、やや逆上気味に買ったものだ。その店にいくと戸がしまっていた。やはりむかしからあったその隣の肉屋さんに「魚勝さんは今日は休みの日なのですか、それともやめちゃったんですか」と聞いた。

うっすら面影に記憶のある肉屋のおかみさんは、魚屋さんの主人がだいぶ前に亡くなってしまったことを教えてくれた。風景よりも人の命のほうがもろいのだ。

むかしこのあたりで一番大きなビルは四階建てで、それは「小田急ＯＸ」といった。エスカレーターなどある小型デパートで、ＯＸの名称の由来はアメリカのＰＸ（アメリカ軍の基地内の売店）だということをあとで知った。今は雑居ビルになっていた。ちょっと悲しい風景だ。

その界隈には書店やブティックや美容室などがあっていくらか気取った商店街だったのだが、今は全体に疲弊したかんじで侘《わび》しく、東京都なのにまるで地方都市の気配だ。

街はそれ全体が生きものみたいなもので、ある時期までみんなして華やいでいるが、なにかの頂点を越えると、今度は全体で歳老いていくようになっているのかもしれない。

黄色い西武電車がやってくる。単線だからこの一橋学園駅で上下線の行きちがいがある。その時間（午後二時頃）にしてはけっこう沢山の人の乗り降りがある。交通機関は厳然と都市郊外の状況を保っていた。

今いずこ、気立てのいい娘さん

もう一本の西武国分寺線方面にむかう。その途中にぼくが二〇年以上暮らしていた家があるので寄っていくことにした。東京都二三区内に引っ越すことに決めたとき、その土地は売却するつもりだったが、庭の樹木や二階のベランダをぐるりと囲んで蔓《つる》をまきつかせているキウイフルーツなどを放置していくのがしのびなく、ぼくの弟に貸すことにした。だから留守でなかったら久しぶりに家のなかの様子などを見られる。

木造三階建ての家で、ぼくの部屋は一番上にあった。けっこう広い面積だったので、天井から電動式で降りてくる大きなスクリーンにプロジェクター式の映像をドルビーサラウンド方式の音響で見ると映画館のようになった。その当時のＤＶＤは信じられないくらい高く、たしか一枚七〇〇〇円ぐらいした。あれは当時のＤＶＤ会社がボロ儲けしていたのだろうか。ぼくは凝りだすとトコトンまでいってしまうたちなので、そのシステムはその家にそのまま残し、都内の新しい家ではバージョンアップして同じように個人映画館を作った。

懐かしい家は残念なことに留守で、久しぶりに家の中を見ることはできなかった。ぐるりと回って写真を撮る。ついでに左右隣の家の表札をみると変わっていないからまだ健在なのだ。そこから歩いて五分ぐらいのところに小さな商店が狭いエリアでかたまっており、よくそこに買い物に行ったので、風景の進化具合を見にいくことにした。

けれどそこも全体が疲弊しているようだった。店と店の間に空き地が目立つのは、店をタタンでも跡に新しい店などが建たない、ということらしい。

よく覚えている店が三つ残っていた。「きっちんコバヤシ」と「藤の木製パン」それに「倉重豆腐店」だ。「きっちんコバヤシ」はぼくの息子と小学校で同級生だった友達がいた。息子と同じ歳なのだから、とうに結婚しているのだろう。

「藤の木製パン」さんには、びっくりするくらい愛想がよくて言葉使いがきれいで明るい

昔と同じところに昔と同じようにしてあった

店員さんがいた。自転車などですれ違うと「こんにちわあ」と大きな声で笑いながら挨拶する。あの娘さんはまったく素晴らしい！　ぼくはわが妻とよくその娘さんを褒めていた。けれどいつのまにか店で見ないようになり、あの気立てのよさだからきっといいところへ嫁いだに違いない、と話していた。少し寂しいけれど、幸せになってくれていたらいい。その後のことはわからない。

　お店の中からぼくを見ている視線を感じた。今の経営者らしく、ぼくの知らない顔だった。だまって通りすぎてしまったが、今思えば、もうめったに行かないところでもあるし、勇気をだしてあの娘さんの消息を聞いておけばよかったと今になって悔やんでいる。

その斜めむかいに単独で建っている建物は豆腐屋さんだ。豆腐などもスーパーで買う時代になってしまって町の豆腐屋さんはどんどん姿を消しているなか、これは貴重な存在だ。その通りには少なくとも三軒はむかしのままの店が残っていたのだ。なんだか大変嬉しく得した気分だった。

郊外学園都市とバブル公園

鷹の台の駅周辺はむかしとそれほど変わっていなかった。このあたりは沢山の学校が集まっており、今では立派な学園都市になっている。駅前の記憶どおりのところに書店があって安心したが、ぼくの知っている「松明堂書店」ではなく「メディアライン」という店に変わっていた。聞けば「松明堂書店」は二〇一一年に閉店したという。その書店は松本清張の子息である昭氏が社長として経営しており、地下にはギャラリーもあった。いかにも学園都市に相応《ふさわ》しい活気のある文化発信地というたたずまいで、その店に日曜日など散歩ついでによく行ったものだ。自分の住んでいる町に下駄をカラコロさせながら行けるちゃんとした書店がある、ということは贅沢《ぜいたく》なことであった。当時はそれに気がつかなかったのだが。

その周辺を取材していると中年女性が三、四人しきりに手を振っている。そこには寄らなかったのだが、ちょっとモダンな喫茶店があってその店のお客さんらしい。ぼくの顔を知って手を振ってくれていたのだ。思えばぼくは十数年ぐらい前は地元在住のなんだか怪しい作家であったのだよなあ。

孫とよくやるようなバイバイをして小平中央公園にむかう。実はここへはあまり行きたくなかったのだけれど、その話に触れないと本当の探索にならない。

異様に規模が大きい公園だ。そしてぼくはこの公園ができる前の風景を知っている。そこは広大な桑畑だった。端のほうに原っぱがあってさらにかなり広い雑木林があった。樹齢を重ねた銀杏《いちょう》の木の林があって、秋には落ち葉が風に流れ、黄色い吹雪のようになって、実にまったく「ひっくりかえる」くらいに美しいところだったのだ。

ここを市が買いとって巨大な近代的設備の整った公園にした。思えばバブル期のことだった。全国の行政がなにかでかいものを作りたくて仕方がなかった時期と一致する。

桑畑は全部整地され、銀杏の木は何本も切られた。そこに大きな総合体育館を作るためだ。雑木林も消えた。そして南西の外れのほうに「山」を作った。桑畑などを整地するさいに大量に出た残土を集めて山にしたのだ。築山《つきやま》である。本当かどうかわからないが、その山づくりの計画をした行政の計画推進組織は「小平には山がないのでここに山をつくる」とかなんとか言ったらしい。

小平市は武蔵野台地にあるが、名前のとおり全体が平坦で、本当に「たいら」である。初めて開拓されたところが「小川村」であり、地形がたいらなので「小」と「平」をくっつけて「小平」と呼ばれるようになったらしい。それだから公園には人工の山がつくられた。でもその発想はチープではないのか。

むかしは立ち入り禁止だったが今は入れる。登ってみると標高九一メートルという記念碑的刻印があった。この公園ができる前は、自然の原っぱと雑木林が主役だった。ぼくは息子とよくこの雑木林に遊びに行った。夏休みの早朝、この雑木林の樹液を出す木にカブトムシやクワガタが集まってくるのだ。日曜日などやたら早く起こされ、それをとりにいくのによくつきあわされた。

実際、それまでこの雑木林と自然の原っぱは子供たちにとって黄金のワンダーランドであった。たいした危険もなく一日中遊べる自然公園、自然のビオトープが形成されていたのだ。しかし、市はここを徹底的に人工の公園にしてしまった。雑木林は消え、かわって枝ぶりのいい立派な樹木が植えられた。

その段階で、行政は本質的に間違えていたと思う。本当に子供たちの遊びのことを考えたら、雑木林は何も手をつけず、子供たちの自由の林として残すべきだった。

雑木林の丈のひくい枝の沢山ある木は、子供たちにとっては「登って落ちるため」にあるのだ。小さな木に登って落ちることによって小さな子は、木のぼりを学ぶ。このくらいの太さの枝なら自分を支えられる。こういう茶色の枝はぶら下がると折れて地面に落ちる。枯れ木は要注意だ。

そういうことを学んでいける。

でも行政はそれらを全部伐採し、よそから枝振りのいい立派な樹木を買ってきてそれを植えた。子供たちにとって「いい枝ぶり」の鑑賞樹なんかなんの意味もない。

五歳や六歳でそういう樹を見て「ウーンこれはいい枝ぶりだ」などと感嘆する子がいる

だろうか。

この公園が長期にわたる工事をおえて「開園」となったとき、小学五年生の息子をつれて公園に行った。すると入り口のところに立て看板があって、そこには「犬猫立ち入り禁止」と書いてあった。息子はそれを見て「バカだなあ、この看板。ネコに字が読めると思ってんのかよ」と笑って言った。たしかに犬は人間が鎖などつけてひっぱっていくけれど、小平のネコはその当時も今も一匹ごとに自由に動き回っている。

学校で最近「犬」だの「猫」だのの漢字が読めるようになったわがバカ息子は、自分は猫よりも字が読めるぞ、と言いたかったのだろう。

しかしそのときぼくは、この立て看板を書いた行政の人々は本当は「犬猫子供立ち入り禁止」と書きたかったのではなかったか、と思った。

公園のなかはきれいに整備され、四〇〇メートルトラックとかサッカーでも野球でもできる多目的広場などがある。樹はみんなきれいに剪定《せんてい》され、山無し市のためにつくられた「築山」には芝生がはられ、開園当時は「立ち入り禁止」になっていた。要するに芝生の生えた山を鑑賞せよ、といいたいらしい。

こういうわけのわからないものを作るこの市の行政感覚に失望していた。その頃にはまだあちこちにあった武蔵野名物の雑木林はことごとく姿を消して、増加するいっぽうの住宅需要のために空き地はどんどん建て売り住宅になっていった。

散歩してもくつろぎのない環境になっていったのである。その意味ではここらの風景ははっきり「退化」している、と断言できる。

この土地の唯一最高にいい場所は玉川上水の左右に続く樹のあいだの散歩道である。ここに越してきたとき、ぼくはなにかというと、この江戸時代に作られた「水道の運河」を眺めに行った。落ちたら上がりにくい「とっくり型」の断面になっているこの運河は、当時水深三メートルぐらいの豊富な水量で、しかも速い流れが煽情《せんじょう》的な音をたてていた。

下流では太宰治が入水《じゅすい》心中した。その頃のあの速い流れではたしかに死ねるだろう。

今は上水の左右の壁の土が崩れないように、樹木に水分が供給されるように、という程度の水量しかない。一時、まったく流さなくなったときに両岸に垂直にたつ岸壁が乾燥してドスドス落ちてしまったので、いまは適度のおしめりを与えているのである。行政とかそれにからむ人間たちによって結果的に歪《ゆが》められ壊される風景ほど無残なものはない。

熱海

老衰化「熱海」
万感の１５００円

かつてすこぶる賑やかだったところが衰えていく。
どこか造られたような気配のする海岸に見えてしまうのはなぜなのだろう。

暗すぎる明るい可能性

もうそんな言葉は死語に近いのだろうけれど、かつてぼくは「苦学生」だった。父親が早く死んでしまい、家長は公認会計士をしている異母兄弟の長兄だったが、本当の兄ではないし兄弟が沢山いたから、全面的に面倒をみてもらうわけにはいかず、高校を卒業してから家を出て独立した。したがってそれからの学費は自分で稼ぐしかなかった。

二〇歳のときに友人たち四人と都内の汚くて小さなアパートの一室で暮らし、アルバイトで生計をたてた。それぞれなけなしの所持金を持ち寄っての共同生活だ。原始共産制である。

当時ぼくがアルバイトで一番長く行っていたのが、六本木にある終夜営業のピザハウス「ニコラス」で、夜八時から朝四時までの皿洗いだった。毎日ではなく一日おきぐらいで通ったので、なんとか学校にいけた。けれど次第におちこぼれ状態になっていき、学費滞納で退学が現実的になっていた。そんなときに、もう少し安定した昼間のアルバイトをしたいと思っていた。新聞の求人広告に目をとおし、自分にできそうな仕事はないかといろいろ探した。

詳しい求人勧誘文句はもう忘れたが「フレッシュな新人材求む」という見出しのもと、仕事内容としては①一人でできる②やる気になれば一日でサラリーマンの一〇日分ぐらいの金を稼げる③時間の使いかたは自由。

というようなものだった。

常識的に考えれば、そんなうまい話があるわけはないのだが、まだ世間知らずのガキだ。毎日求人の面接をしている、というのもいかにも「うさんくさい」話だが、それだけ盛況、ということなのだろう、とあくまでも善意に解釈し、その朝、指定された面接場所に行った。建物は陰気で暗く、入っていくのに「戸惑い」と「及び腰」が同時にやってきた。そこは「温泉新聞社」といった。

面接会場はその会社の中だったが、たしか神田のガード下の汚い倉庫のような建物で、求人広告のコトバに彩られていた「明るい可能性」なんていうものはすでに部屋に入ったとたんに中空に分散していた。

貧相で、ややずる賢そうなチョビ髭の親父が一人いて、その日の求人応募者の対応をしていた。すでに六、七人のドブネズミ色系の服を着た年齢まちまちの男たちがいた。これがその日の朝集まった「フレッシュな新人材候補」というわけのようだった。みんなぼくより年上に見えたが、一人だけ、夏なのに長袖のトレーナーを着ている、少しアゴのしゃくれた青年がいて、ぼくの年齢の上か下のどちらかに見えた。つまりその場にいたのは殆ど中高年オヤジのようだった。

慣れた口調でチョビ髭がすぐに喋り出した。それは香具師《やし》が定番の商品の説明をするような、強引でヘンに明るくなめらかな口調だった。毎日同じことを言っているのだから「香具師みたいなセリフ」になるのも当然だろう、とあとで気づくことになる。

そこは温泉旅館を対象にした業界新聞社で、求人広告には「編集記者募集」と書いてあったが、それは「本採用」になってからの話だ、ということがまず説明された。

まあそれはわかる。しかし毎日採用試験があるということは、よほどの狭き門か、よほど沢山の社員を必要としている会社かのどちらかだ。

けれど試験場になった部屋は倉庫のような危うい暗さ、陰気さ、活気のなさから、その会社が活況のなかにあるわけがない、ということはいかに貧弱ミミズ脳のぼくにもわかった。

ここまでくるときに抱いていた、自分なりの都合のいい、求人広告の「明るい可能性」への夢はほぼ一〇秒ぐらいでしぼんでいた。残った興味は、果してどんな仕事なんだろうか、ということだけになった。相手もその用件についてはストレートに言ってきた。まず最初に一冊のかなり大判の本を頭上に掲げた。どんなタイトルだったかもう忘れたが。

その会社の名前は覚えていたので取材スタッフのトキオカ青年に図書館あたりでその本の名を調べられるかどうか頼んだら、「東京旅行業者営業所便覧」というタイトルだったようだ。

背掻き男の退場

その本は、イメージとして簡単にいうと、道路マップに似ていた。東京全区の地図になっている。普通の道路マップと違うのは、その会社が独自に調べた「ポイント案内」が随所に入っている。そのポイントとは都内にある「観光旅行案内所」の場所であった。

求人に応じて集められた我々の「仕事」は、その本を持って全員でその日のうちに熱海《あたみ》に行って、おびただしい数の旅館を訪ね、その本のセールスをする、という簡単明瞭なコトであった。インターネットのカケラもキザシもない当時、観光旅館は、客集めのために都内のそういう観光案内所をそれぞれ個別にたずね、旅館のパンフレットなどを置かせてもらい集客の網をはる。都内のそういった観光案内所の住所、電話番号などが明記され、地図まで書いてあるその本は、旅館営業のためには重要なガイドブックになるようだった。しかしその本は一冊一万円だった。

えらく高い！　当時の若いサラリーマンの給料の半分から三分の一ぐらい、いまでいえば一冊五〜七万円ぐらいの感覚だった。しかしその貧相なチョビ髭男は力説していた。

「この本には都内の観光案内所が一〇〇〇件紹介されています。シロウト的には本の値段は高いけれど、案内所一件一〇〇円、と換算すれば、観光旅館業者にはどうというコトはないのです。そのくらい価値のある本なのです。だから旅館の人にこの本の内容がわかってもらえれば、彼らは喉から手がでるほど欲しくなるのです」

チョビ髭はさらに続けた。

「皆さんには販売実績に比例した報酬を用意しています。それはなんと一冊売ったら約三割です。三〇〇〇円が手に入るんですよ。三冊売ったら九〇〇〇円。そこらの安サラリーマンの月給の半分ぐらいが一日で手に入るのです」

なぜかわからないけれどその説明のあいだ常に背中のあたりを掻いていた求人応募の一人、中年の禿男《はげおとこ》が黙ってイスをガタガタさせて部屋を出ていった。おかしな空気が流れたがチョビ髭はその異様な行動にはまったく関心を示さず、さらに話し続けた。

「ここに名刺があります。本社の名刺です。編集部の社員としてそれぞれ名前も印刷されています。ただし皆さんは今朝、ここに来たばかりですから、それぞれの名刺はまだ間に合いません。そのために、ここにはいまはいろんな仮の名が印刷されています。今の段階では個人の名前はたいした問題ではないからです。ただしそれぞれ別の名前です。目指す旅館にいったらまずこの名刺をだしてください。わが社は専門新聞ですから、そこそこ知られています。セールスにはこういうものが基本です。それから本日現金でそれぞれの人に一〇〇〇円ずつ支給します。熱海までの往復電車料金をはらっておつりがでます。それはお弁当などに自由に使って下さい。いいですか。売れた本の三割は帰社した段階で支給します。本は五冊ずつ持っていって下さい」

そのとき部屋には六人の、いずれも陰気な顔をした年齢、服装まちまちの男たちがいた。六人がそれぞれ適当な名前の名刺と、問題のその本の入った袋を渡され、その会社から無言で出ていった。

神田駅から熱海までの切符を買う。往復キップを買うと二〇〇円だか三〇〇円だかが余る。つまり一冊も売れなくても、それがその日の報酬になる、というわけなのだった。ずいぶん乱暴な話だが、そう言われてみれば求人のうたい文句の①一人でできる②やる気になれば一日でサラリーマンの一〇日分ぐらいの金を稼げる③時間の使いかたは自由——というのもあながちハッタリ、ホラ話ではないのだ。

犬のように

東海道線の鈍行列車で熱海にむかった。片道二時間かかる。記憶では昼少しすぎに熱海に着いた。当時の熱海は日本でも有数の巨大観光地であった。駅からおりて海にむかういくらかくねった道を降りていくと、背後に林立する沢山の巨大ホテル、旅館があった。

ぼくとしては生まれて初めてのセールスである。しかもまったくの新米。売ろうとしている商品（本）の説明も、じつのところよくわかっていない。しかし「当たって砕けろ」の精神で、なんとなく中くらいのホテルにアタリをつけて入っていった。仲居さんのような人が玄関の掃除をしていた。

「あのう」

45年前にここを歩いたような、ないような

と、ぼくは言った。

「はん？」という返事といぶかしげな表情がかえってきた。

「なにか？」

「あのう。東京の温泉新聞社のものですが……」

見るからに頼り無く怪しい野良犬みたいな男、というふうにその人の目にはうつったことだろう。鈍感なぼくにもそれくらいはわかる。仲居さんらしき人は「なにか用なら勝手口に回ってむこうの人に用件言って」そう言って、とんだ邪魔者が、というふうなしぐさでさっきよりも慌ただしく掃除の仕事に戻った。勝手口にいくとお婆さんがいて、やはり掃除をしていた。さっきと同じことを言うと「わたしはよくわからないから……」とぼくの顔を一瞥《いちべつ》しただけで言った。

それが最初の一軒目で、あとはどこもおおむね同じような対応だった。玄関ではなく勝手口から回る、という知恵はついたのでそのあとはもっぱらそうしたが、午後のホテルや旅館というのはけっこう忙しく、みんなケンモホロロの対応だった。

なかには勝手口に顔をだしただけでまだ何も言わないのに片手を振って犬でも追いはらうようなしぐさだけする、歳恰好《としかっこう》からいって女将さんふうの人もいた。

「人間扱いされていない」

という現実に直面していた。

その日、二〇一二年二月二七日、トキオカ青年と東京駅で待ち合わせた。一二時ちょうど発の「踊り子115号」に乗る。トキオカ青年は日本橋の「弁松《べんまつ》総本店」の非常に典型的でシンプルな弁当と温かい「お〜いお茶」を買ってきてくれた。

熱海まで特急で一時間二〇分。かつての風景と比較していく旅だからむかしのように鈍行列車で行きたかったが、いまはその方法だと乗り換えがいっぱいあって行き着くまでにタイヘンな時間的ロスがあるという。

平日の下田《しもだ》、修善寺《しゅぜんじ》行きの列車は圧倒的に中高年の客が多かった。みんな間違いなく行楽客だ。そのなかでトキオカ青年だけが異常に若い。動きはじめた車窓からの風景を見ながら、ほぼ四五年前、ぼくはいまのトキオカ青年より若い歳で、五冊の詐欺みたいに高い本を抱えて同じ方向にむかっていたのだ。

あの頃、自分はいったい何を考えていたのだろうか、ということに思いをはせる。といっても簡単に思いだせる筈はない。ただ、決して楽しい気持ちではなかった、ということは覚えている。かといってそれほど辛いわけでもなかった。まだその段階では、もしかするといま手にしている五冊の本を全部売ってそこらの安サラリーマンの給料の半月分ぐらい稼いでしまえるかもしれない、という無邪気な野心みたいなものがあった。

トキオカ青年の買ってきてくれたシンプルでけっこううまい弁当を食って、いくつかの川をわたっているうちに、やがて車窓に海が見えてきた。海の風景はあの頃とあまり変わっていないだろう。初島《はつしま》が見える。若い頃に好きな人がいて、その人と初島に行ったことがある。島がとにかく好きな頃だったのだ。

でも初島は人工化が進んで島全体が遊園地のようになっていて、あまり面白くなかった。けれど好きな人と歩いているのだから、気持ちは躍っていた。あれはサラリーマンになってまだ間もない頃のことだった。そのときその女性に、熱海でのセールスの体験話をしたのかどうか記憶にはない。熱海にセールスに行くとき、車窓から見えたその島に、いつか好きな人ができたらきっと行くのだ、と決めていたのだけれど、本当にそういうことが可能になったそのとき、どうしてこの島に来たかったのか、ぼくはその女性に言わなかったような気がする。

熱海の駅はひどく田舎くさかった。観光地としての大きな栄華をきわめて不夜城のようになっていたのが、ある時代から急速に衰退し、いまは街全体がくたびれきっているように見えた。駅のまわりに沢山の人がいる。多くは観光客だが、その九〇パーセントは黒、茶、鼠色《ねずみいろ》系の服を着た年寄りの集団のようだった。この街も老齢化しているが、そこを徘徊《はいかい》する観光客もくたびれている。熱海は否応《いやおう》なしにそういう街に老化熟成しているように思えた。

退化していく風景

現在の観光都市「熱海」全体の写真を撮るために駅前の道を海にむかって降りていく。遠いむかしここに来たときにも、とにかくホテルや旅館街に行かなければならないのだから、やはり同じようにして駅前の坂道を下り、宿と遊興街のほうにむかっていった記憶がうっすらとある。温泉新聞社から一人一〇〇〇円ずつもらってここにやってきた六人は、互いに顔も見ずに駅からそれぞれ勝手な方向に別れて歩いていった。同じ本を売ろうとしているのだから、同じホテルや旅館に行くほど虚しいことはない。どっちみちみんな他人でありライバルそのものだった。

その当時の記憶にあるようなないような坂道を降りていくと、やがて海に出る。その背

かつての大型豪華ホテル群は無人のようなリゾートマンション群に変わっていた

後に巨大なスケールでホテルと旅館街が威圧的にひろがっている――筈だった。

けれど、熱海の風景は「進化」していなかった。むしろ対比的に言うならば、熱海は完全に「退化」していた。全体の風景に統一というものがなく、温泉街に特有の「華やぎの気配」というようなものが何ひとつなかった。むかしは黙っていても大量に押し寄せてきた団体客がだんだんいなくなり、そのままずんずん衰退していった、という話はだいぶ以前から聞いていたけれど、いまその海岸から見上げる、ホテル、巨大旅館の数々は廃業、転売、業態変更、というような過酷な変転にさらされ、いまはその半分近くがリゾートマンションに変わっているという。

見たかんじ、それはまさしく本当だった。

週末とか長期休暇シーズンしかやってこないリゾートマンション族の各部屋は、まだ二月の冷たい風の吹くなかでは固く戸や窓を閉ざし、ただもう海からの風に立ち向かう障壁になっているだけのようだった。

遠いむかし、一〇軒以上歩いて断られ続け、この海岸に来て、現実の厳しさを知った。いくらかふてくされて堤防に座っていると、むこうから知った男が現れた。知った顔といっても一瞬だけだ。今朝のあの怪しい新聞社の陰気なガイダンスみたいな場で見た、唯一自分と同じくらいの若い奴だ。彼は海岸にきても長いトレーナーの襟をたて、しけたしゃくれ顔をしていた。彼もぼくを覚えていたようで「どうですか？」と聞いた。

「駄目。けっこう難しいね」

ぼくは言った。

「こっちもです」

互いに座って標的のホテル群を眺めた。それからしばらくして、どちらが言いだしたか忘れたが、互いにコンビを組んで勝負してみませんか、という話になっていった。

最初から本を売ろうとしているからハナから相手にされないので、せっかく新聞社の名刺があるのだから、なにかそれらしい取材のようなことを最初に申し込んで、しばらくそういう質問をして、それからついで、という感じでこの本を紹介したらどうだろう——そういう話だった。

まだ時間はあった。ぼくとそのしゃくれ顔は、いましがたの作戦どおりのことをやり、そして見事に一冊売ることができたのである。三〇分だかもっと時間がかかったか、いかにも目下の温泉街の現状を取材するようにして、実はまったく興味もヘチマもない話を聞き、もっともらしく相槌《あいづち》をうっている時間は辛かった。それでも分け前の一五〇〇円はモノにしたのである。しかしその男ともう一軒同じことをやる気はなくなっていた。精神と体がもうこれで十分、というくらいに疲れきっていたからである。

謎の造形

ぼくとトキオカ青年は、四五年前のあのしゃくれ顔のトレーナー青年と山出しそのもの

橋がひとり浮き上がってしまう印象だった

の四五年前のぼくがもっそり並んで歩いていったときと同じように、ふたりで川のある繁華街の真ん中にむかって歩いていった。街なかを流れる川の橋の白い巨大なタイヤを並べたような欄干は、遠くからみると「いったいなにごとか？」と思えるくらいあたりの風景から逸脱して相当に異様だ。デザインのセンスがまったくヘンテコなのだ。

その先にある、やはり白い巨大すぎる横流れの欄干も異様だった。近くまでいくと、それはどうやら押し寄せる波を表しているらしい、ということがわかったけれど、それを欄干にするさしたる意味はないし、とにかくデザインセンスは最悪に近い。

バランスを崩したそれらの異様な橋の欄干など全部なくして、ごく普通の、その先の風景が欄干から透けて見えるような造作のものにしたら、海から見る熱海の街は寂れてはいるものの、もっとそれなりの風情をかもしだしてくれただろうに。

その川のたもとに、むかしからあったのか、最近つくられたのか、ソープランドとラブホテルらしいものがやはり異彩をはなって建ち並んでいる。表通りの二大風俗の館――という風景だ。海側から見る熱海は風景として破綻しているように思えた。

川岸の並木に人だかりがあった。今年は梅よりも早く桜が咲いたという。カメラをぶらさげた中高年の写真愛好家サークルらしい小団体が全員並んで一本の桜を撮っている。ときおり遅い午後の太陽が差し込んできて、その瞬間だけいい斜光になる。

さらに歩いていくと、熱海銀座という通りに出た。ここにもあまり意味のわからないモニュメントが天空にあって、それがかえって質素な町並の光景を壊しているような気がしてしょうがなかった。

本のセールスをしにきた頃は、商店街に来てもしょうがないから、ここらにはこなかった。だからはじめて見る風景だ。

むかし、まだ沢山の観光ホテルや旅館が流行《はや》っている頃、季節がいい夜は、このあたりを温泉あがりの浴衣を着た沢山の人が歩いていたことだろう。

熱海は、これから先、さらにひたすら全体で老いていくだけしかないだろう、という寂しい確信が、この街のいたるところにあった。

少し歩き疲れたので、そのあたりにある日本蕎麦《そば》屋に入り、トキオカ青年とビールを飲んだ。イタワサとおしんこを頼む。

トキオカ青年は「温泉新聞社」は神田紺屋町に二〇〇一年まであった、ということをつきとめてくれていた。

二〇〇一年までその会社が存在した、ということにぼくは単純に驚いた。もうその頃はコンピューターが都内の観光案内所をたちどころにみつけてくれただろうから、あの高い本を売りにいくセールスの人々はとうにいなくなっていただろうが、老衰していくこの温泉街には、まだああいう本のセールスマンが及び腰で歩いているほうがひっそり似合うような気もした。

中野

中野ブロードウェイ
成功した換骨奪胎

数十年ぶりにさまよいこんだ現代の迷宮。
店の中は小さなものから大きなものまで毎日のように変わっているという。

蛇屋の思い出

今回は「中野ブロードウェイ」に行った。自宅からタクシーで一五分もかからない。そんなに近いとは思わなかった。サケを飲みに行くとなると同じくらいの距離にある新宿にどうしても行ってしまうが、中野ブロードウェイは二〇代のはじめあたりによく遊びに行っており、友人らと駅近くの「力酒蔵」という居酒屋で飲んでいたから、新宿よりつきあいは古いのだ。ぼくの知っている「力酒蔵」は第一と第二とあり、新鮮なうまい魚を食わせるので、夕方になるとどちらもサラリーマンを中心ににぎわって活気があった。よく考えたらぼくの〝居酒屋入門〟はこの店だったのだ。

ブロードウェイは、できた当時きらびやかな都市ファッションビルであり、山の手ふう浅草仲見世《なかみせ》(なんだそれは?)的な、なんでもありの魅力ゾーンだった。

でも、よく考えると中野は山の手ではなく、むしろ下町の気配が濃厚で、「ブロードウェイ」という名称もいま思えば「ん?」もしくは「ええ?」的ミスマッチに近かったのではないだろうか。まだ日本が全面的にアメリカ文化に憧れていた時代でもあったんだろうなあ。

　サンモール・アーケード街に入ってすぐ右側に「蛇屋」があり、店の入り口の横に大きなガラス張りの蛇槽（というのかね）があって、その中に何種類かのヘビが木の枝にからまってチロチロ舌をだしており、それを見るのが好きだった。といってもぼくはヘビが嫌いなのだ。嫌いなので安全なところから「ひぇぇ」などと言って見ているのが好きなのだった。ヘンタイだ。

急速に記憶がよみがえる明るいアーケード、サンモール

　この都会の蛇屋のヘビを見て、その後『赤い斑点のあるまむしの話』という一〇枚ぐらいの短編小説を書いたことがある。プロになる前のことで、いわゆる習作というやつ

で、未発表。

ブロードウェイに行くときはここのヘビを見るのが楽しみだった。どうしてヘビ見物が楽しかったのかいまだによくわからない。あるとき、小学三、四年生ぐらいの男の子とその母親がヘビを見ていた。そのうち男の子が「あのヘビがほしい！」と言いだした。母親は困り「どうしてあんなヘビがほしいのヨ、だめヨ」と真剣に言った。「おうちに持って帰ってシッポを持ってふり回すんだ」と少年は言った。面白いボウズだなあと思ったが、あのあとどうしたんだったか記憶はそこで消えている。

なんで頻繁にブロードウェイに行ったかというと、中野に親しい友人が二人住んでいたからだ。モノカキのプロになって、『哀愁の町に霧が降るのだ』という題名からしてとことん怪しい三部作の本を書いたが、これは二〇代の頃に江戸川区小岩《こいわ》の安アパートで四人の男たちと共同生活をしていた頃の大バカ話だ。その共同生活をしていた友人たちが当時、中野に住んでいたのである。

一人はブロードウェイから一〇分ぐらいのところにある静かな住宅街の城山町に住んでいて、その後弁護士となりテレビなんかによく出ていた木村晋介であり、一人はその後イラストレーターとなり、いまでもぼくの小説やエッセイに絵をつけている沢野ひとしである。彼の家は宮園通りにあって神田川の縁に建っていた。二階にある彼の部屋の窓の下がすぐ神田川で、奴はその窓からゴミなどじゃんじゃん神田川に棄てていた。神田川を汚染させたのは彼の仕業なのである。いまそのあたりの神田川は蓋をされて暗渠《あんきょ》のドブ川ふうになっている。

十数年前にぼくが武蔵野から中野区に越してきたとき、すぐそばを神田川が流れていて、旧・沢野家より上流なので暗渠ではなく沢野は町田に越していったので、神田川はいまはきれいだ。

中野にはもうひとつ大久保通りの五差路に「クレバワカル」という非常に安い飲み屋があって、ぼくたちはその店のメニューのなかでももっとも安い「ゲイカツ」を肴にビールなど飲んでいた。ゲイカツといっても新宿二丁目御用達《ごようたし》のようなものではなく「鯨《げい》カツ」で、たいへん安い。しかも安いのにたいへんうまかった。

「クレバワカル」というなかなかヤル気のある店の名も当時の我々をいたく刺激したものだ。だからよく通ったのだが、「イケバワカル」というわけでもなく、何がワカルのか結局何もワカラなかったような気がする。

五〇万円のブリキのロボット

その日は春というのにまだ肌寒い雨で、我々は早めに目的のブロードウェイを歩くことにした。ＡＫＢのアキバに対抗するように、ブロードウェイを愛する人々はここを「ＮＢＷ」と呼ぶ。だからここからは我々もＮＢＷと呼んでいくことにしよう。

今回はぼくとトキオカ青年のほかに彼の上司のカジヤさん、この企画に最初からからんでいたもと小学館のアベさん（カジヤさんとアベさんとぼくはよく新宿で飲んでいる）。それにやはりカジヤさんの部下、紅一点のカナイダさんの一行五人という「大取材団」である。

中野駅北口ロータリーの先からはじまるのは「サンモール商店街」で、その入り口近くにあった「めあて」のひとつ「蛇屋」はもうあとかたもなかった。前あったところは「シロクマ」ロゴの貴金属の買い取り屋さんになっていた。ヘビからクマに変わってしまったのだ。カジヤさんがそのあたりを聞き歩き、かつての蛇屋の場所を見つけてくれた。向かいにある洋品店の経営者のおばちゃんが経過を知っていた。

聞けば、蛇屋の主人が店の毒蛇に咬《か》まれて片腕切断の重傷を負った。その娘さんが跡を継いだが、あまり長く続かなかったという。かつてよく通ったところが消えてしまうのは寂しいものだ。

そのあたりは高い天井のアーケード街になっていて、地方都市によくあるような、なんとなくチープな感じのするアーケード街と違って全体が明るく活気がある。天蓋が高く外部の光をとおすようになっているからかもしれない。

それになんといっても歩いている人々の数がすごい。行き交う人が途切れないのだ。両側にはいろんな店が並んでいるが、最初に気がついたのはラーメン屋さんの数だ。種類もいろいろで、サッポロラーメンがあるかと思えば数軒先に博多ラーメンがある。その向かいが函館ラーメン、少し行くと喜多方ラーメンだったりする。どこのものなのか国籍不明のラーメン屋もいろいろある。ここに来ればその日の気分で日本中のラーメンを味わえる、ということになるようだ。そういえば中野は「つけめん」の発祥の地として有名だった。

ラーメン屋さんの次に洋品店が多い。ヤケクソのように店の前に靴を山積みにした「靴屋さん」だけでは足りない、「靴靴靴靴靴屋さん」とでもいいたいような店もある。

こういう盛り場にありがちなエログロ系の店が見当たらないのは、サンモール商店街やNBW全体の運営規約にそういうものを認めないトリキメなどがあるからなのだろうか。ひとつだけ驚いたのはアーケード商店街の真ん中にホテルがあることだった。といっていかがわしい気配はなく、都会のプチホテルのたたずまいだ。

中野駅北口からまっすぐ早稲田通り近くまで続く長い長いショッピングモールのつきあたりにNBW本体のビルがある。一九六六年にショッピングモールと合わさったショッピングコンプレックス（商業住宅複合施設）の多層多目的ビルとして創業。地上一〇階地下三階。総工費約六〇億円。建設当時は「東洋一の建築物」と言われた。年間来客数は約一〇〇〇万人（NBW友の会編『のせすぎ！中野ブロードウェイ』辰巳出版、二〇〇九年）。

この、一番奥まったところにある建物の一階から四階までをじっくり見て歩くのが、今回の風景進化論探索団のメインの仕事であった。創業一九六六年ということは、初期の頃からここに潜入したぼくや木村君や沢野君は、計算するとまだ二二歳ぐらいであった。

その頃我々の目にしていた館内風景はデパートのようなものだが、今と同じようにいろんな店がそれぞれ個性を露骨にして競いあっているので、デパートの風景ともちがっていて、なにか全体がやたらエネルギッシュだった、という記憶がある。

こういう複合商業施設に行くと、ぼくはまっさきに書店ゾーンに入り込むのだが、ここには「明屋《はるや》書店」があって、この店が壮観だった。三階にあるのだが、店の内外に「なにごとか！」と思えるくらいに沢山の「垂れ幕」がところせましとタレさがっている。そこに書いてあるのは新刊の書名や惹起文だったように思うが、異様といえば異様だった。店は大きく、品ぞろえが豊富で、かなり趣味的な異端本も揃っていた記憶がある。

そのほかの店も、それぞれ独特のディスプレイで競いあっており、全体が「はじけまくっている」ような印象だった。

今回の五人取材チームのなかではアベさんがぼくとほぼ同じ時代にこの初期ＮＢＷを歩いていたらしく、その風景の変遷に彼なりの興味を持っていた。

話には聞いていたが、一階の部分から店のたたずまいに独特の「主張」があって、ちょっと外側から見ただけでは何屋さんなのかわからない店がけっこう多い。

二階に上がるとそれの濃度がさらに増した。売っている商品がタダモノではない。一番目につくのがフィギュアというやつだ。

デパートの玩具売り場風景の系列だが、ここには客に子供の姿はない。ショウウインドウに並んでいる各種フィギュアも、そのひとつひとつが玩具系列とは違ってちょっと近寄り難い「異質な格調」みたいなものを見せている。値段を見て驚いた。ぼくはそれがどの時代のどんなジャンルのフィギュアなのかまるでわからないのだが、プラスチック、あるいは軽合金製のような、見る人によればチープきわまりない「キャラクター人形」が三〇万円、などと書いてあるのだ。一瞬、ケタの単位を間違えて読んだのか、と思ったが、そのほかのものも中くらいで一八万円、安くて三万円などと書いてある。これらはつまり「本気の値段なんだ」ということに気がついた。

マッチ箱ぐらいの大きさのミニカーだって一〇万円プライスはざらだ。ブリキのロボットなど五〇万円ぐらいのもある。これらの店はそれぞれがそんなに大きくない。ぎっしり商品を並べて店主一人、というくらいのレベルだ。ゲージの異なるいろんな小さな機関車や電車の専門店も多い。古い切手、コイン、紙幣などの店。ミリタリーものばかりの店、雑多にCDだけ扱っている店。古いゲーム。何だかわからない何かの、よく見てもやっぱり我々にはよくわからないグッズばかりの店。異様なデザインのTシャツばかりの店。

こういうケースの中に50万円のブリキのロボットがあったりする

「おもちゃ箱をひっくりかえしたような」という形容があるが、ひっくりかえしたおもちゃ箱を種類ごとに集めて並べ直した、という言いかたができるかもしれない。

客がまた非常に個性的、特徴的で、二〇代ぐらいの青年がリカちゃん人形みたいなものを愛おしげにためつすがめつ見つめている。

欧米系、アジア系の男たちも沢山徘徊している。みんななんだか暗く嬉しそうだ。

「まんだらけ」の奇跡

有名な「まんだらけ」の各種部門別にわかれた専門支店（というのかブースというべきか）がいたるところにある。

このNBWにこのような非常にマニアックな店が集まるようになったきっかけは、一九八〇年開店の「まんだらけ」だという。

最初は二階に二坪のスペースで漫画古書の専門店としてスタートした。当時は珍しいセグメント・ショップだったので人気を呼び、どんどん支店をのばして現在通販室、買取処も含めると二五店舗に増殖。各種グッズの買い取りと販売を主事業として、アルバイトも含め、いまや百数十人のスタッフを抱えるNBWのコングロマリット的「一大企業」となった。だから歩いているといたるところで「まんだらけ」にであう。「まんだらけ」だ。

一九九〇年代の不況期にそれまで入店していた呉服店、美容院、ブティック、宝石店などが倒産、あるいは経営者の高齢化などによって廃業するところが増え、その空いた店に「まんだらけ」に刺激されたマニア向けの店がどんどん進出していった。

いわゆる「サブカルチャー」ゾーンをいく店々である。これが相乗効果を生んで、非常に個性的なNBWの今日の姿の基盤になっていったらしい。

三階に行くと専門分化はさらにすすんでいるようで、我々にはどんなヒト向けのどんな希少価値をもった商品を売っているのか、見ただけではもうわからないようになってきた。おじさんにはついていけない、というやつだ。といって若いトキオカ、カナイダ両人が頷いているわけではなく、やはり特殊ディープゾーンということになっているようだった。ところどころになぜか厳重にまわりを囲った怪しい区画があり、よくみるとそれらはたいてい「占い」系だった。

店によってはおじさんがしり込みするような、むかしの言葉でいえばベビードールのような販売娘がいて、不思議な化粧をしていてなんだかおかしい。若者文化というのははっきりいってキモチ悪いね、とぼくとアベさんなどは「はっきり」それらしい古い感想を述べた。

あ、主張のはげしい書店「明屋」も元気そうにまだあった。おなつかしや。この店だけは我々も入っていける。残念なのは一瞬ヒルムようなおびただしい数の貼り紙、垂れ幕ふうのものはまったくなくなってしまったことで、店そのものはかなり大きなスペースをもって繁盛しているようなのだが、垂れ幕なし、はどうしても寂しい。

どうしてなくしてしまったのですか、と聞こうと思ったが店の人はみんな忙しそうで、

「まあいいか」と簡単に取材を諦めてしまった。どうもおれたち根性がないな。

その上は四階だが、行ってみるとシャッターの閉まった店ばかりだった。恋人が行く場所とか、カツアゲの場所とか、夜中にユーレイの出る場所とかいろいろ言われているらしい。シャッターをとじた中はNBWの大きな店の倉庫がわりになっていたりするそうだ。

その上は居住区で、むかしは青島幸男や沢田研二がともに一〇階に、しかも「お隣さん同士」で住んでいたらしい。

有名人がらみの話でいうと、お客さんとしてニコラス・ケイジがおしのびでおもちゃのゴジラやガメラなどを買いに来ていた、などという話もある。

不思議な客も多く、オフィシャルブックによると、有名なのは「トイレットマミー」と呼ばれている男で、NBW中のトイレを歩きまわり、体中にトイレットペーパーをまきつけて歩いているという。

「スローマン」は、その名のとおりとにかくゆっくり歩いていて、ある店の店主が店の前を歩くスローマンを見かけて、三〇分ほどして店に帰ってくると、まだ店の前を通りきっていなかった、という有名な話があるそうだ。かと思うと「駅伝おじさん」というのがいて、閉店後のNBW内を各大学のネーム入りのシャツを着て風のように走っていく、という。まあ出来て五〇年近く経っているのだから、いろんなモノが出てきて不思議はない。

この懐かしい風景を求める旅の趣旨としては「じつによくやった!」と拍手喝采ものである。

旅人は安堵する

ただし、たった四階分だけれど、そうやって丁寧に自分の趣味や嗜好《しこう》と関係ないものを見て歩いていると実に疲れるのもたしかで、「ここらで一休みしましょうか」ということになった。

まだ行っていない地下にはデイリーチコというNBW者にははずせない名物店があるというが、その店の売りは「虹+一色ソフトアイスクリーム(三九〇円)」で、虹——つまり七色にさらにもう一色足した八段もの、という。ざっと三〇センチはあり、これを手にいれるには、コスチュームねえちゃんやトイレットペーパーを全身にまきつけたミイラ男らの若者の行列に並ばなければならない、というので、おじさんたちはあからさまにしり込みしてしまった。

「それよりか、今我々に必要なものがほかにあるでしょう」

とアベさんとカジヤさんが力強い顔をして頷いている。彼らが意図するトコロはすぐにわかる。

そこでいったんＮＢＷの裏口を出て、そこと並行して駅にむかう路地に入った。

そこはいわゆる普通の路地であるから、雑貨屋は生活雑貨を並べ、菓子屋には普通の菓子があり、八百屋にはありきたりのキャベツやダイコンが売られている。

「普通の店ですなあ」

「普通のものを売ってますなあ」

我々はこころなし安心したような顔で、まだ雨のやまない路地を行く。

駅近くまで行くと、ぼくには強烈に懐かしい区画があらわれた。

そこはむかし「アポロスポーツ」があったところだ。スポーツ店といいつつ本格的な登山用具を扱っている店で、松永さんという風格のある本物の登山家がお店にいた。ここには当時山に凝っていたぼくと沢野がよく行ったのだ。松永さんは五〇年ほども山に登って

最後に、40年の時空を超えて安心できるところに入りこんだ

いる経験豊富なもの静かな人で、NBWとの落差があまりにも激しい。残念なことに二〇〇六年に閉店してしまった。

そこから駅のあいだに「第二力酒蔵」がある。時計をみるとまだ午後二時だ。

いいのか、こんな時間に。しかしみると「二時開店」と書いてある。

「これはどう考えてもあきらかに我々を呼んでいますな」アベさんが一人で激しく強引に頷いている。

もともとむかしの風景確認の旅だから、ここには帰りに寄っていく予定になっていた。

思ったとおり、我々が一番のりの客であった。この居酒屋に来るのも四〇年ぶりぐらいになるだろうか。

記憶にある店内風景よりもずっと大きく、きれいである。「こんなに大きかったかなあ」二二歳のまだ居酒屋初体験の頃は、まわりにいる人がみんな大人で、店は全体が暗く、タバコと焼き魚のにおいが充満していた。

聞けば、増築、改築しているのだそうだ。同時に、当時あった「第一力酒蔵」は閉店してしまったという。

さらにその頃は「第三」「第五」「第六」「第七」「第八」と暖簾《のれん》わけで勢力をひろげ、まるで漁船のように「力酒蔵軍団」が中野のこのあたりの酔っぱらいを量産していたのだ。しかしいまは「第二」を残してことごとく閉店してしまったという。まあそのあいだに若者むけの安いチェーン居酒屋があちこちにできて、ここのように本物のうまい酒と魚を出す店は、本当に居酒屋が好きな大人だけが入れる店になっていったのだろう。

一番のりの我々は、早く頼まないとなくなってしまうのではないかという無意味な焦りようで、「生ビール！」「生ビール！」と叫ぶ。壁に貼ってある「本日のおすすめ」には、燦然《さんぜん》と輝く「初ガツオ」の文字が躍っているではないか。

「カツオ、カツオ！」

とぼくは叫ぶ。マグロ中トロ、トリガイ、ノドクロの焼いたやつ、キスの天ぷら。

そういうものを前にして一同乾杯。

「いやあ、ブロードウェイはやっぱりよかったですなあ」

アベさんが実にとってつけたように言う。

「この第二力酒蔵が存在していて、最後にカタルシスをモノにしましたなあ」

「やっぱり休憩のために地下に行かなくてよかったですなあ。虹よりも一色多いソフトクリームですよお」

おじさんたちは口々に言い、安堵《あんど》の表情だ。トキオカ、カナイダの若者がいたのだから、この二人を行かせるべきだったかもしれない、とぼくはそのとき思ったが、それを注文し、彼らがそれにかぶりつく風景は見なくてよかったかなあ、とやはり安堵するのだった。

ＮＢＷは着実に中身を変えながら生き延びた現代の「つわもの」だろう。風景はパワフルに確実に進化し続けているようだった。

神保町

まだまだ安心

いろんな貌をもつ街。
少しずつ変わりつつも元気な底力を感じるのが嬉しい。

そうだ、山の上ホテルに行こう

あれはJRだったか、旅行会社のものだったか、「そうだ 京都、行こう。」というコピーがあった。単純だけどどこか琴線に触れて、つい行きたくなってしまった。立ち上がって「そうだ、京都に行こう」と思ったが、京都をあまりよく知らないぼくは行ってもしょうがなかったんだけれど。

モノカキになった初期の頃、カンヅメというものに憧れた。作家がホテルや旅館に籠って小説なんかを集中して書くことだ。イワシやサンマじゃないから「缶詰」じゃなくて「館詰」なんですね。あまりよく知らない京都のはずれの旅館などに籠ってカンヅメになりたい、と思ったが、出版社は「できるだけ東京にしてくれ」というので、結局自宅に一番近い新宿のホテルになってしまった。なんだか「隔離」というイメージのほうが強かった。高層ホテルの部屋は新宿駅方向で、当時そちら側にはセイコーとシチズンの大きなデジタル表示の時計看板があった。夜更けに原稿を書いていて何かに呼ばれるように「フと」顔を上げると、夜の闇にどちらも赤くよく目立つ数字で現在時刻を伝えていた。当然ながらふたつとも同じ数字を示している。これが不思議とゾロ目になっていることが多かった。

「222」とか「333」などですね。

そうか、もうこんな時間なのか。それにしては時間は進んだが原稿枚数は進んでいないなあ、などとガックリくるわけです。

二つの時計文字が「444」になっているときに「フと」呼ばれるように顔を上げ、その数字をみると、まあ4というのは「死」に通じてあまり喜ばしい数字ではないといわれているから、ちょっと背中のあたりがゾクッとくる。そのくらいの時間になるとさすがに疲れているしね。

友人にそのことを話したら、「それならまだいい。666というのが見えたらもう寝たほうがいいね」と言っていた。なるほど。

ぼくはわりあい早くから「純文学誌」を読んでいて、高校生の頃に『文學界《ぶんがくかい》』の目次袖のところにいつも「山の上ホテル」の広告が出ていて、なんだか憧れた。まだ作家になれるなどと思ってもみなかった頃で、単にそのシンプルで清潔そうな名前にココロが動いたのだ。大人になったら、そのホテルに一度泊まってみたい、と思った。その後、このホテルは作家が「館詰」になるためにもっともよく泊まるホテルだ、ということを知った。

しかし、ホントにモノカキになってしまったときは新宿のホテルで「444」などを見ており、そのあと「館詰」になるコトはやめてしまったので、「山の上ホテル」には結局一度も泊まることはなかった。

トキオカ青年から「今度はどんな場所にいきますか？」と電話があったとき、ぼくは「そうだ、山の上ホテルに行こう」と言った。立ち上がってコートをはおりタクシーに乗って二五分で着いてしまった。

泊まるつもりはなかった。

モノカキになってこのホテルには対談とか文学賞の選考会などという用事でよく行くようになったので、中の様子もだいぶわかってきている。おいしいと評判の南欧料理や天ぷらの店などにもいった。地下のバー・レストランは天井が高く、ステンドグラス越しに見える外は裏通りであり、そこはホテル正面から入っていくとどんどん階段を降りていくから地下三階ぐらいの感覚だが、実は一階で、裏の道から行けばドアをあけるともうその店の中、というのがパリの裏町あたりにある店みたいでしゃれていた。そうして初めてこのホテルの名前の意味を思いだすのだ。

この建物はアメリカ人の建築家ウィリアム・メレル・ヴォーリーズ氏の設計で昭和一二（一九三七）年に建てられたという。このアメリカ人建築家は面白い人で、建築家のかたわら日本に「メンソレータム」を普及させた実業家でもあったらしい。

太平洋戦争中は帝国海軍によって使われ、敗戦後はＧＨＱが接収、主にアメリカ陸軍婦人部隊の宿舎として使われた。その婦人部隊の連中が眺望のよさに「ヒルトップ」と呼んでいたことから、その後ここをホテルとして経営することになった創業者の吉田俊男氏がそのまま直訳して「山の上ホテル」とし、昭和二九年に開業した。

このホテルに最初に籠って執筆した作家は川端康成だという。その後、三島由紀夫、池波正太郎、尾崎士郎、井上靖、檀一雄、松本清張……と錚々《そうそう》たる文豪の名が続く。

なるほど、貫禄、能力あらゆる点でぼくなどが気易《きやす》く籠れる場所ではなかったのだ。このホテルにカンヅメになった作家の多くは、そこから歩いて五分もすればいける神保町《じんぼうちょう》の古書店街を、きっと散歩がてらに歩いていたのだろう。

新たな発見

そこで我々は、まだ「山の上ホテル」で生ビールを飲むのは早すぎる時間だから、もうひとつの懐かしい、しかも馴染みの場所である神保町の古書店街を歩いてみることにした。古書店街を歩くことになったので、トキオカ青年の上司、カジヤさんにも来てもらうことにした。会社が近く、むかしの神保町をよく知っている人だからいろいろ教えてもらいたい。

ぼくも「本好き人生」だったから、学生時代からよく出入りしていた店がいっぱいある。一日中歩いてごっそり面白本を手にいれて、荷物は重いがココロは軽い、というような至福を味わったことも何度かある。ドキドキしながら本を売りに行ったこともある。古本というのは「売るときは安く、買うときは高い」というゆるぎない「神保町の法則」に何度か泣いた。

古書店街は、そのむかしの風景とあまり変わっていないように思えたが、カジヤさんに聞くと、それでもずいぶん変わったという。

消えてしまった古書店も多いし、スターバックスなどのチェーン系の店もずいぶん増えて、風景として進化したのか退化しているのかわからないが、むかしとははっきり違っているという。指摘されないと気がつかないこともいろいろあった。

このあたりの古書店は神保町から九段の方向にむかって左側のほうに密集して続いている。方向としては店の正面が北側になるから通常の商店なら不利な方向だが、書店の場合は本が「ヤケル」ので太陽の光はテキである。だから北向きの道ぞいに古書店が並んでいるのだという。なるほど、いままでそういう目で見たことはなかった。

ぼくがよく入る店が続く。

堂々とした北向きの古書店が続く

しかしその日はできるだけ通過することにした。神保町の古書店は店によって扱うジャンルをかなり細分化しているので、自分の好きなジャンルの本が多い店に入ると一時間ぐらいつかまってしまうキケンがある。三店入ったら三時間だ。それに、そのたびに荷物が増えていく。

今日はココロを鬼にして（そんなに大袈裟《おおげさ》なコトでもないが）黙って通過していくだけにした。よく行く店は細分化したジャンルのなかでさらに細分化した本を整理して集めていることが多いから、店の内部は少なくとも一〇年ぐらいは変わっていないように思う。これはありがたいことで、変わらない、変えないことが「進化」というべきだろう。少なくとも外からのなんらかの力によって影響を受け、変更されているよりは安心できる風景だ。神保町のそういう古書店街を歩くと心が安定してくるのは、そういう理由によるのかもしれない。

本をめぐる環境はこの十数年で激変した。とくに地方の老舗の単独書店の受けているダメージは半端なものではない。知っている近隣の街でも、しばらく行かずにいると、「あるべき」書店がいきなり消失していて愕然《がくぜん》とすることが増えてきた。

ぼくの住んでいる街の書店も、この一〇年のうちに新刊書と古書を扱う店がそれぞれ二店ずつ閉まってしまった。新宿や渋谷に近いところなので若い人が賃貸住居にいっぱい住んでいるのだが、どんどん本と離れていく生活になっているのだろう。

日曜日などにそういう近所の書店に下駄をカラコロいわせてあてもなく行くのが楽しみだったのだが、それらの新刊書店と古書店が消えてからはそういう散歩はしなくなってしまった。そのことは、ぼくの視線から見たらあきらかに退化していく街の風景だ。

高いか安いか!

取材などで地方のわりあい大きな商店街を歩くと、ブックオフに代表される、いわゆる「新古書店」のたぐいばかりが目につくようになり、本物の古書店はやはり地方でも急速に減少している。新古書店は、新、というだけあってカラフルな外装に派手な店内装飾ながら、置いてある本はマンガや軽い流行りもの本、若者むけの関連グッズなどで、これまでの日本の書店のいわゆる「紙臭い」イメージとはほど遠い。

そういう店しか見ないで育った若者がやがて都会に来て、本格的な大きな書店や神保町の本当の古書店を見たとき、自分の故郷の書店文化との「はっきりした差」にはじめて気がつくことになるのだろうか。

古書とはこういうものだったのか。

新刊書とはまったく違う、荘重で重い空気。シンと静まりかえった店内の空気。熱心に書棚の前で分厚い本を読みふける大人たち。落ちついた知の宝庫。

彼らの故郷にはない風景がそこにあることを知り、本の深さのようなものにはじめて気がつき、本にのめり込んでいく、というような若者がどれくらいいるのだろうか。

若い頃に本当の本に馴染めないまま来てしまった若者が、そういう風景を見て「読書人」という大人の文化や趣味に没入していくかどうか、今は店側、客側、どちらも先が見えなくなってしまっている時代のような気がする。

それでも丸々二ブロック、神保町の古書店街は続き、多くの店先では、いわゆる安売り目玉本をパラパラやっている人の切れ目がない。安心できる風景だ。

そのうちの一軒の店先の棚に目がとまった。棚はふたつあって一方はＶＨＳの映画のビデオ。一方には古書が入っている。手書きのＰＯＰがあってどちらも「一〇五円」と書い

右ＶＨＳ、左ハードカバー本。どちらも105円。むなしい

てあった。本のほうにはぼくの知っている作家のちゃんとしたハードカバーなどが何冊もある。しかもそんなに古い本でもない。ＶＨＳの映画だってみんなまともなものばかりだ。

この「一〇五円」同士の棚の風景ははっきりいって悲しい風景だった。あまりにも安すぎる。安いのはいいコトだけれど、こんなに安くしていく「本の文化」「映画の文化」っていったい、この先どうなるのだろう、という理由のよくわからない落胆だった。

むかし、まだ若い頃、ガラスケースに入った寺田寅彦のちょっとした全集を買うかどうか迷って何度も行き来した記憶がある。当時ぼくの使える金からしたら相当な出費だった。

何度も行ったり来たりしているだけで、結局買おうかと思ったその金は生活費に消えていった。そうして二〇年ぐらいたったある日、神保町でその全集が、冗談ではないか、と思うくらいの安い価格で売っているのを見た。

そのときなら簡単に買える値段だった。しかしぼくは買わなかった。こんなに安くなってしまっている全集が気の毒だった。寺田寅彦の本はもっと高くなければいけない。これはぼくの中でちょっとした精神的な狼狽《ろうばい》になった。

古書店のほかにはDVDやビデオ、CDなどの店、そしてなぜか刃物屋が目につく。VHSなどもちゃんとジャンルごとに整理されている。そして安い。やはり一本一〇五円なのだ。ぼくはリーガル・サスペンスものの映画が好きなのだが、その店ではちゃんとジャンル分けしてあった。こういうところが地方の安売りビデオ店などと違うところだ。五本ほどほしい映画があったがまだ取材の途中だから荷物になる。

それに不思議な心理なのだが、これもあまりにも安すぎる。どのくらいの金額で作られた映画なのかわからないが、ちゃんとした映画作品が一本一〇五円で売られている。売り出された当時の値段を見ると一万七五〇〇円などと書いてある。VHSのメーカーの儲けすぎなのか、ＤＶＤやブルーレイという新メディアに敗れた落ち武者的価格、ということなのか、内実はよくわからない。とにかく今でもちゃんと観られるものが五本買っても五二五円しかかからない。映画もバカにされているものだ、という思いがある。安くて文句を言っているのだからヘンな話なのだが、人間の感覚というのは、少しぐらい時間が経過しても環境の激変にはついていけず、結局はそのあたりで時代の進化と思考の乖離《かいり》がおきてしまっている、というわけなのだろう。

続いてこの界隈では一番大きな古書店に行った。前から何度も行っていたが、建物そのものが巨大であり、他の専門ジャンルに分化した小さな古書店にくらべてはっきりとした格差がある。

ひとことで言うと古書が美術品のようなイメージになっている。特殊な専門書となると相当な値段がする。さきほど安すぎて文句を言っていたのに今度は高いといって怒っている。困った見物人だ。じっくり見て歩くと中国の大型骨董店《こっとうてん》の気配もする。古書も日本一のこの街では、はっきり二極分化しているのだ。

大型古書店でもう少し大衆的で楽しい店づくりができないものなのだろうか――と、フと思った。

サンフランシスコにある大型古書店の入り口には、「この店の迷いかた」と書かれた小さなパンフレットが置いてある。なかは構造とつくり方のちがったフロアが複雑にからみあったとんでもないレイアウトで、いろんな本が並べられている。客は比較的若い人で、いたるところで床にペタリと座ったりあぐらをかいたりした女性などがいて、アメリカ風に、とくに西海岸風の「ありのまんま」という風が店のなかに吹いていて、パンフレットにあるように、ここは好奇心を持った大人（いや子供も）のワンダーランドであった。

本も映像メディアも玩具も一体化していて、たしかにここにいったん入ると、出るまでに受けた刺激の波がいくつもの次元を超えていくようで、結果的に店から出るときには気持ちのどこかがさまよってしまいそうだ。大勢の人間たちが残した文化の集積が、こういう古い物を扱う店にはタカラモノとして輝いていて当然な筈なのだ。

穏やかに変わることの安心

裏通りを歩いた。ここにも古書店はチラホラある。とくに印象的な光景は表通りと裏通りを結ぶ狭い路地にムキダシに本棚が沢山並んでいて、そこにいかにも「本の虫」のような客があちこちにへばりついていることであった。

「こういうところにけっこう掘り出し物があるんですよ」

カジヤさんが教えてくれた。

そしてまた、今回のように古書店街にある「古書」から少し視線をステップバックさせて、街全体を精神的に俯瞰《ふかん》するような気分で眺めてみると、このような陽の当たらない路地で熱心に本を探している人が絶えないかぎり、ここはやはり磐石《ばんじやく》の「古書の街」であることを教えてくれる。そのことに気づいて安堵するのだった。

四時になったので我々は再び「山の上ホテル」にむかった。駿河台下《するがだいした》の交差点から御茶ノ水駅方向へ歩いていくとかなりの傾斜を感じる。しかしこの傾斜も、ずっとむかしの道から比べたら相当になだらかになっているのだろうな、という印象がある。都市の時間堆積というのは概《おおむ》ねそういうものだ。

東京を歩くうえで非常に面白い本に『東京百年散歩―田山花袋「東京とその近郊」編』(辰巳出版、二〇一一年)がある。この本を読むと一〇〇年前の東京はおよそデコボコした起伏だらけの街で、大井や品川、蒲田《かまた》、羽田あたりは海辺のエリアだった。それでも一〇〇年前のその頃までには埋め立てなどで随分陸地が海を侵食していたのだ。四〇〇年ぐらい前の古地図を見ると日比谷のへんまで「入り江」となって広々とした海だったコトがわかる。花袋は一〇〇年前の東京を、代々木から目黒、池袋、渋谷あたりの広大なエリアを「丘」が起伏している緑の連続、上野、駒込、王子、赤羽あたりは「田園地帯」とエリア分けしている。柴又、浦安、葛西《かさい》、堀切などは「川の沢山ながれている湿地帯」だった。その頃の東京は、いたるところ起伏に富んで風景が激しく変化していた、と書いている。「山の上ホテル」もGHQが占拠した頃は今よりももっと起伏の激しい、それこそ「山の上」「丘の上」のイメージがきわだっていたのだろう。そんなことを思い浮かべながら神保町からホテルまで歩いていくと、いまの東京としてはけっこうな登山道である。そのてっぺんに本館と新館にわけてそびえ立つ「山の上ホテル」はちょっとした「御茶ノ水城」の威厳だ。

少々歩き疲れた我々は生ビールを求めて、地下というか、一階というか、例のしゃれたバー・レストランになだれ込んだが、開店は五時からということで、そのままスルスルと

むかしはヒルトップといわれた。たしかに登山感覚で入り口まで歩く

一階の出入り口から裏通りに抜けてしまった。「そうだ、山の上ホテルに行こう」と意気込んでいたわりには滞在時間約五分。

格調ある名店と思っていたバー・レストランはタバコの煙の残滓《ざんし》が強烈で、客がまだ誰もいない段階でのこの臭さにはちょっとおののいた。お節介ながら換気システムの老化かクリーニングに問題があるように思った。

仕方がないので再び神保町の交差点方向に「下山」し、昼頃からあいている有名な「ランチョン」に入った。この店もむかしから存在感のある大きなビアホールで、神保町界隈には出版社も多いからこれまで何度もやってきている。店の片面いっぱい道路側にむいたガラス窓から夕刻まぢかの陽光が差し込んできて、とてもいい雰囲気の店だ。

　椅子に着くのとほぼ同時に生ビールを注文する。至福の時間のはじまりだ。我々の前にすでにふたつのグループが生ビール宴会をしていて、ひとつのグループは中高年のおとうさん世代。ひとつはキャリアウーマンというかんじの三人組。気配からしてもう一時間ぐらいは飲んでいるようだ。穏やかな笑い声と静かな会話。

　酔って大声でがなりたてる親父酒や、ガキ娘がやはり酔って頭のてっぺんから出しているようなカン高いコーフン声に溢れる店に間違って入ってしまうと、ぼくはビール一杯飲んで出てしまうが、その日は、いかにも大人の午後のビールであった。

　一人で神保町に古本あさりにやってきて、この店に入って生ビールを飲みながら、「本日の戦果」として手にいれたばかりの本をパラパラやって気持ちを「ヒヒヒ化」（喜んでいる）させていた遠い日々を思いだす。あの頃は銀座にある勤務先から早めにズル逃げしてここまでやってきて、主にSF関係の本を探していた。SF好きが高じて、その後自分がSFを書くようになるとは思いもしなかったのだけれど、そうなるとここもわが「人生酒場」ということになる。

浅草

雨の浅草で
よかったような

仲見世の雑踏もここまでくるとようやく落ちついた。
東京で暮らしていても何度こられるかわからない場所のひとつだ。

華の仲見世

ぼくの母は三姉妹のまんなかで、日本舞踊の師匠をしていた。父親は公認会計士という堅い仕事だった。世田谷の三軒茶屋に住み、ぼくはそこで生まれた。まだ明治の気概をひきずるその頃の女の一生というのは、結婚した伴侶の意思や仕事の内容によってどうなっていくかわからない。夫婦で相談して家族の進路を決める、などというその後あらわれた「友達夫婦」あるいは「対等な意見による将来設計」などという、夫婦間―民主主義など思いもよらない時代だった。

三姉妹は嫁いだ夫の仕事によっていちばん上は新潟に、いちばん下は深川の木場《きば》の職人のところに住んだ。生粋《きっすい》の山の手生まれでもないのに、母はじきに難なく周囲の環境に順応し、たちまち山の手の「ざあますおばさん」に異態進化した。

土地環境が人を変えていく、というのは本当で、下町の深川に長いこと住むようになった末の妹（ぼくのおばさん）はじきに下町風情に同化し、たちまち土地言葉になった。すぐ上の姉、つまりぼくの母親が「そざますわね」などと気取っていると、「はあ。さい

（左様）ですか。じゃあヨウジ（歯ブラシ）だけもって来なさいよ」などと言っていた。ぼくが兄と泊まりがけで遊びにいくようなときだ。電車で三〇分も離れていないのに、日常で使っている言葉がまるで別の世界だった。

木場で働いているおじさんは、まったくの江戸っ子で、ぶっきらぼうだったけれど心根はやさしい人で、何度か木場の運河をいく小船に乗せてもらったことがある。このおじさんはやがて、船と船がすれ違うときにむこうの船の舳先《へさき》に胸を突かれてそれから具合が悪くなり、たしか肋膜炎《ろくまくえん》を悪化させて寝てばかりいるようになってしまった。

そのおばさんの家にいくと「てんやもんだけど」と詫《わ》びながらカツ丼をとってくれた。ぼくはその頃「てんやもん」の意味を知らなかった。亭主が殆ど寝たきり状態になってしまったので、自宅で近所の子供相手に駄菓子屋をやって糊口《ここう》をしのいでいた。

ぼくたちがいくとその駄菓子屋で売っているものを自由に貰えるので、それが嬉しかった。

二、三度、浅草に連れていってもらった。

その頃の世田谷三軒茶屋は畑があちこちにある、えらく田舎のようにぼくは思っていたからおばさんに連れていってもらう浅草こそが、東京の一番の盛り場であって、華の都会そのものだった。

浅草にいくと必ず仲見世《なかみせ》を歩き、仁王門から浅草寺をいき、あれはいま思えば「花やしき」だったのだろうが、その一大レジャーランドにいくのが〝東京見物〟のクライマックスだった。

「花やしき」は楽しさと怖さが同居していた。おっそろしく広いところと思っていた。そこではいつでも兄と手をつないでいないと「人さらい」に連れていかれる、と脅かされていたので、まずそれが怖さのひとつだった。もうひとつの怖さはなんだったのかどうも思いだせない。その怖さを乗り越えてでも「花やしき」にいくのは黄金のヨロコビ時間だった。

日本一の国際色濃厚通り

偶然の一致だったのだが、予定した取材日が東京スカイツリーの開業日でもあった。しかし朝から土砂降りの雨。晴天で沢山のヒトだらけになると困るな、と思ったけれど、土砂降りのなかの取材もやりにくい。なんとも困った気分でタクシーで雷門にむかった。

そこでいつもの取材チームと待ち合わせた。今回はフルメンバー出場の五人チーム。風景について、文化について五人ぐらいの異なった視点から最終的に意見を聞くと、その日「みてきたもの」がよりきわだってくる。

土砂降りとはいえど雷門前は大勢の人で賑わっていた。大きな屋根が雨やどりにちょうどいいのだ。この巨大な門は伽藍《がらん》守護のために風水害または火災からの除難を目的として造られたものだが、一八六五年の田原町《たわらまち》大火災で炎上焼失してしまった。今の雷門は一九六〇年に松下幸之助氏の寄進により九五年ぶりに復興再建されたものだ。

まつられている「風神像」「雷神像」の二つの神像の名前から、本来は「風雷神門」と呼ばれていたが、いつの頃からか雷門とだけ呼ばれるようになったという。

門の前の賑わいを写真に撮った。傘をさしての撮影だし、被写体となるカメラ前の大勢の人々もみんな傘をさしているので、写真としては余計なものが多すぎて焦点をあわせにくい。

これまで雷門の前をタクシーなどで通過したことは何度かあったが、仲見世の奥にまで行くのはなんと四十数年ぶりぐらいになる。二〇代の頃に友達と来たことがあるのだ。田原町に友人がいて、そいつを訪ねたときに歩いたのだが、ぼくはジーンズを買いにきたので仲見世では用を足せず、すぐに上野のアメ横に行ってしまった記憶がある。

雷門の下には雨宿りの修学旅行生らしき子供たちでいっぱいだった。まあそういってはナンだけれど、みるからに全員「田舎」そのものの顔と風体だ。全員同じ制服を着ていても、これは相当な田舎から来ているな、というのがわかる。他のフリーの観光客も地方からやってきた顔つきをしている。なにしろスカイツリーがその日オープンするのだ。しかし肝心のそのスカイツリーが濃い雨雲の中に入っていて、印象としては全体の下三分の一ぐらいしか見えない。

我々はまず仲見世を歩くことにした。雨で傘だらけの風景だったが、基本的にはここは記憶の風景と変わっていない。いま改めてここを歩くと、通年変わらない「おまつり通り」なのだな、ということに気がついた。きらびやかに見えるそれぞれの店はどれも間口が狭く、よくみると、どの店も完全に観光客相手の店なので、まあそういっては申し訳ないが、東京に住んでいる者からいったら買いたいものはまずない。

衣服でいかにも「ザ・浅草」というようなものはペラペラの化繊の、ひっくりかえるような派手なデザインの「日本の着物」だ。これが「どうだ」とばかりに店の軒下にどさっと吊《つ》るされている。仲見世を歩いている人を見て気がついたのは、外国人が非常に多いことだった。それも銀座あたりで見る欧米人ではなく、もっといろんな国々からの人々だ。顔や風体をみてもそのことは取材チーム全員が気がついた。

「もしかすると、浅草の仲見世は東京でいちばんいろんな国の人がやってくる超国際化通りかもしれない」

我々は妙に感動しつつそう言い合った。

雨で沢山の傘が邪魔をして、それら世界各国と思える外国

仲見世通り。時間が止まっている

人の動向がいまひとつよく見えないし、たちどまるとあきらかに邪魔であろうから、そういう国籍不明の外国人になにか話を聞く余裕もない。

ペラペラど派手の着物を買っている外国人がいたら、誰へのお土産かぜひ聞きたかったのだが、雨でビニールの覆いがかぶさっていたりして、気軽に買う状況でもないみたいだ。それでもひっきりなしにいろんな人が歩き回っている風景は、まごうことなく「おまつり」の屋台をいく人々の感覚だった。ぼくが子供の頃来た浅草仲見世は、まだそのまんま当時の仲見世であった。

仲見世は江戸時代、浅草寺境内の掃除の賦役を課せられていた人々に、境内や参道に「店」を出す特権があたえられたことがはじまりらしい。現在は長さ二五〇メートルの参道に八九店が軒を連ねている。

歩いていると、ところどころで声をかけられた。ぼくの読者のようだった。そのうちの一人に「どこからきたんですか」と聞いたら「土佐の高知です」という返事。「高知県から」ではなくわざわざ「土佐の高知」というところが、なんだか実にきっぱり浅草だ。浅草が、記憶のなかの浅草そのものであることが嬉しかった。なんでもかんでも近代化という方向にむかって風景を激変させていく都会のなかで、ここはきわめて稀《まれ》に風景を変えていない東京の盛り場のひとつなのではあるまいか。その意味ではこのシリーズのテーマ「風景進化論」の対象として「進化」していない場所である。

そして「進化していない」ことの価値をきっぱり見せつけてくれている場所なのかもしれない。「よかった！」という不思議な安堵がからだの内側を走る。はるか遠いむかし、ぼくや兄を世田谷から電車やバスをのりついで連れてきてくれた母親。そして「下町もん」として案内してくれたぼくのおばさんの息吹を、この変わらない風景はまだ濃厚に残してくれていたのだ。

時間が止まっている

子供の頃、おばさんに連れられて歩いたのかどうか記憶にない浅草六区通り。おそらくここは素通りしていたのだろうと思う。当時の浅草六区を記録した写真集などをみると、左右に並ぶ幟旗《のぼりばた》や芝居小屋、映画館の看板を見るかぎり「教育上よろしくない」と母やおばさんは判断した筈だ。

でもぼくの記憶にキチンとここの風景があるのはどうしたことだ。おそらく二〇代の頃に田原町の友人とここを歩いたときの記憶なのだろう。

そのときはストリップ劇場に入りたかった。でも入った記憶がないのはカネがなかったからか、入るだけの勇気がなかったからなのだろう。思えば惜しいことをした。

浅草六区通りは伝法院通りからつくばエクスプレスの浅草駅へ向かう全長約一〇〇メートルの通りだが、左右の歩道にある街灯には浅草に縁のある芸人たちの顔写真が掲げられている。榎本健一、清水金一から萩本欽一、なぎら健壱《けんいち》など三三人。言わば殿堂入りの喜劇人というところか。それにしても名前の下が「一」というのが多いな。「一」は喜劇人の出世番号なのだろうか。浅草六区という名称は、このあたりを明治期に七つの区画に整備したとき「六番目」だったことからそう言われるようになったらしい。浅草オペラ、大衆演劇、映画街、ストリップ劇場、浅草レビューと爛熟《らんじゆく》大衆娯楽の殿堂――の面影はもうなかった。全体がそっくり閑散とし「すたれ」感が強い。ごった返していた仲見世からほんの五分ほどで、行き交う人の姿も稀になってしまっている。人の気配のない映画館前。高倉健の「昭和残侠伝《ざんきようでん》」に「男はつらいよ」「さそり」と、ぜんぜん関連のない豪華三本

ちょっときれいになりすぎて困ったかんじ

立てはなかなか魅力的だ。

馬券売り場がずいぶん立派なビルのなかにある。間違った近代化の見本のような風景だ。傘をさして自転車で走っている人の姿がやたら目につく。

花やしき通りをいくと、雨の中「花やしき」はまだ営業していた。ここには深川のおばさんに連れられてきた記憶が濃厚に残っている。場内に誰もいない入り口の前に立つ。

入園料　大人九〇〇円

　　　　小人四〇〇円

六時までというからあと三〇分もない。中に入ったとて雨で遊べるものはない。しかし浅草にきてここに入らないと「風景進化論」のどっ

子供の頃は広くて怖いところだった

ちへ進んでいる場所なのか確証が得られない。五人で四五〇〇円はいかにも高いがこれも取材だ。

入り口の料金所のところに「園内貸し切り二〇万円」とあったのが目をひいた。

ここを会社が借り切って社員を一日遊ばせる、という「慰安」の手段があったのだ。どこかの温泉宿にいくよりははるかに安上がりだろう。第一、健康的だ。社員がそれで満足するかどうかは別として。

一八五三年開園というから日本最古の遊園地だ。江戸時代は茶人、俳人らの集会の場や大奥の女中らの憩いの場所としても使われたらしい。その当時は「ブランコ」が唯一の遊び道具だったというから微笑《ほほえ》ましい。

「そうら、天までいくわよー」などと大奥の女中が黄色い声をはりあげてブランコをぶんまわし、日頃のストレス発散としていたのだろうか。

大正から昭和初期には全国有数の動物園として知られ、日本初のライオンの赤ちゃん誕生などで話題になったという。それまでの「花やしき」はモダンな、このあたりの文化発信地でもあったようだ。

しかし一九三五年に閉園。一九四二年には強制疎開の影響で取り壊しとなったが、しぶとく一九四七年には再び開園。

しかしその当時は入場料を取らなかったので、近所の場外馬券場から流れてきた労働者たちが園内を泥酔状態で占拠したり、ゲームセンターが少年の溜まり場になるなどして浅草警察からの勧告を受けていた。一九八五年の風営法改正を機に、現在のような入場料と回数券の徴収で全面有料化した。そうした経緯のいつの時代になるのかはっきりしていないが、ぼくは深川のおばさんの案内で「人さらい」に注意しながらここにやってきたのだ。

その頃の印象は子供の視線からみているから当然なのだろうが、随分規模の大きな大遊園地で、ちょうど今の子がディズニーランドにやってきたような迫力と無限の誘惑に満ち、ぼくは全身で興奮していたのだろう。

しかしその日我々の前にひろがる雨の花やしきは、はめ込みパズルのように、狭い区画にじつにいろんなものを強引に押し込めた、チマチマ日本の創意工夫の見本のような、それはそれで魅力的な詰め込みレジャーランドとなっていた。

とはいえ、雨で我々以外には誰も客はおらず、あと一〇分ぐらいで閉園だから、係の人はどんどん片付け仕事に入っている。

帰りに、入場口にいたお姉さんが次回の無料招待券をみんなにくれた。次回これで無料でやってきて、また出るとき無料招待券を貰ったら、これから無限に無料で入れることになるのではないか！　と我々は一瞬いろめきたったが、次回無料招待券で来た人には、もう帰りに無料招待券はくれないのだろう、という意見で一致した。

花やしきを歩いたらなんだか本日の浅草探訪のクライマックスを堪能したような気分になり、そこらで一休みしていくか、ということになった。

我々の一休みは、ちょっと一杯やっていくかということである。すでに道ゆくおとっつぁんなどかなり酩酊《めいてい》気味の人が多い。競馬開催日の様子を知っている（我々の取材チームの）アベ顧問が、夕方頃はこのあたり、ハズレ馬券のちぎれたのが花吹雪のように舞っているという。ふーんそれも見たいものだ。通りの一角からなんだか調子のいい音楽が聞こえてきたと思ったら、どうやら話に聞いた「明治、大正、昭和歌謡の喫茶店」で、半分あいた入り口からはステージがみえる。

東海林《しょうじ》太郎さんを彷彿《ほうふつ》とさせるオールバックで直立した歌い手（まだ若い人だった）が、むかしのNHKのど自慢でみたようなまっすぐな巨大マイクの前で「昭和そのもの」の歌を歌っていた。ベースやアコーディオンもそろえた本物の舞台だ。前方むきに席の並んでいる店のなかは昭和、大正を懐かしむおとうさんでいっぱいだった。

このあたり、嬉しいことにいろんな装置によって「時間が止まっている」ようだった。浅草は、そういう意味では簡単にタイムトリップできる心やさしい街のままだ。

「どぜう」で仕上げ

取材チームのリーダー、カジヤさんの姿が見えないと思ったら、その先のビニールの雨除けハウスみたいなのを道に大きく張り出した飲み屋さんのお姉さんにつかまっている。そういう店が沢山並んでいて、それぞれの店に客呼び込みのお姉さんが、浅草らしい陽気な声で客呼び込みをしており、カジヤさんがさっさと最初の店にひっかかっちゃったようだった。

どの店も同じようなものだろうからと、そこに入った。もうすでにだいぶ飲んでいる客もいるようだが、六時を少し回ったあたりだからまだ五人ぐらい座れる席はある。

「うちの煮込みはおいしいよう」

呼び込みお姉さんの言っていたのを注文。一皿四〇〇円。五人いるから三皿も注文してしまった。ついでにゴボウ天。これらに七味トウガラシをたっぷりかけていっせいに食べる。それにホッピー。浅草の味だ。

みんなで本日の取材総括をする。

花やしきの次回無料券を誰が使うか、ということでまずもめる。アベ顧問が、これをダシに銀座のクラブのお姉さんをユーワクする、というプランを申し述べた。

「ウーン」

一同考えこむ。あのヒラヒラドレスのお姉さんが花やしきに興味をもつとしたら、その前後に相当なイベントを用意しないと。

これは、若いトキオカ青年かカナイダ博多娘（彼女が博多出身とその日わかった）に渡して、それぞれの青春に役だてたほうがいいんじゃないだろうか、というまともな意見も出た。しかしこれとて花やしきの無料券でいまどきどれほどの若者が興味を示すだろうか。第一どれほどの若者が花やしきを知っているか、という難問は未解決のままだった。

子供の頃、ぼくが花やしきにきて怖かった理由もその日わかった。「ひとさらい」よりもお化け屋敷なのであった。そこに入った記憶がある。いまは銀座のクラブのほうがお化け屋敷よりよほど怖いのではないか、という話題がひとしきり。ホッピーともつ煮の追加。外はまだ土砂降りだ。

小一時間ほど飲んで話をして外に出た。

浅草でまだ忘れ物があるコトに気がついた。「そうだ。どぜう、だ」

仲見世まではこなかったが、なんどか雷門の前を通過していた用件がなんだったか思いだした。何年かに一度ぐらいで「飯田屋」に「どぜう」を食いにきていたのだ。盛夏に飯田屋の二階にいって「どぜう」の丸鍋をかこんでビールや冷や酒を飲んでいた記憶が急速に蘇る。四〇代の半ば頃だったろうか。あの頃はなにかいろんな仕事を並行してやっていて、世界のいろんな国への旅もひっきりなしだった。そうして東京では、仕事関係でいろんな人と夜は飲みながら半分は打ち合わせ仕事になっていた。そんな酒のひとつが「どぜう」の宴なのだった。

久しぶりに行った「飯田屋」は、むかしよりだいぶ広くなっているような気がしたが、記憶のスケールというのはたぶんに曖昧である。相変わらず仲居さんがテキパキと鍋の用意をしてくれる。小さな独特の鍋に縁スレスレまでいれてある「どぜう」はむかしと同じいろあいとその風情だ。丸煮には小口切りのネギをどさっと山盛りのせる。骨をとったひらいた「どぜう」は、食べるときにネギをいれる。

「どっちにしてもどぜうはネギで食うもんですよ。どっちかというとネギにどぜうがついてくるくらいなもんで。ここのネギは深谷のネギでね、そこらのネギとはネギが違うんですよ」アベ顧問がひとしきりネギについての講釈。このセンセーはこの頃ますます長広舌になった。しかしそれもまた重要な役割で、トキオカ青年もカナイダ博多娘もだまって静かに食べながら聞いている（たぶん）。トキオカ青年は生まれてはじめて「どぜう」を食ったという。

「うまいもんですねえ」

「そうだろう。ここは創業明治三六（一九〇三）年だからね。一〇〇年もどぜうを煮てるのヨ。一〇〇年だよ。中国四〇〇〇年っていうけど、中国だってぜーんぜんかなわないんだからね」

まるで自分がやってきたようにまたアベ顧問の強引な解説が続く。カジヤさんはじっくり酒を楽しんでいるようだ。世代の広い浅草タンケン隊の成果は、時代をへても変わらない浅草の風景や風情や味にまずは安心の〝カンパイ〟というところで落ちついたようだ。

帰りがけ「飯田屋」のご主人に「しばらくですねえ」と言われてしまった。一〇年ぶりぐらいだろうか。「この通りのまっすぐむこうがスカイツリーなんですよ」夜になってますます見えなくなったが、このあたり晴れた日には少しだけあたらしい浅草の風景が見えるのだろう。

四万十川

変わらないチカラ

ずいぶん何度もきた場所だったけれど、
こういう幽玄な風景ははじめてだった。
なじみの沈下橋のひとつが落ちてしまったのが、
大きな時の流れを強烈に伝えてくれた。

ギラギラしていた日々

一九八九年にキリマンジャロに登り、帰途ナイロビのホテルで仮眠をとっているときに、かなり明確な白日夢のようなものを見た。部屋の白い壁に、動く映像が鮮明に映っている。男がカヌーの舳先近くに犬を乗せて激流を下ってくる光景だった。それはまったく映画そのもので、目を覚ましたあとも川の激流の音が轟然と耳に残っていて、しばし呆然とするようなリアル感があった。マダガスカルのアタオコロイノナの神が、そういう映画をつくれ、とぼくにお告げをさずけてくれたに違いない、という一方的な確信をもった。

帰国したぼくはその映像に心がとらわれたままなので、それを本当に映画に撮ることに決めた。カヌーで下ってくる男は、当時ぼくにリバーツーリングを教えてくれていたカヌーイストの野田知佑《ともすけ》さん。犬は彼の飼い犬のガクである。

そうしてぼくは仲間を中心にしたシロウト撮影隊一四人を編成して高知県の四万十川《しまんとがわ》の上流、西土佐村口屋内《くちやない》にテントを張った。キャンプ生活にしたのは、十六ミリフィルムによる自主製作映画なので予算に乏しく、宿泊費、食費を浮かせるためだ。

このとき中村市の写真家、岡田孝夫さん一家に全面的にお世話になった。一四人がテントを張ってそこに寝るわけだが、全員の食事場や料理のための大きなスペースがいる。岡田さんは地元の仲間をいっぱい連れてきて、河原にたちまち頑丈な飯場のような建物を作ってくれた。そこで二週間、毎日早朝から夜まで走り回って夢中で撮影した。最終的に五五分の中編映画になり、幸い映画館でもレイトショウ上映された。それからぼくは映画プロダクションを作って八年間で五本の劇場公開用の映画を作るようになるのだが、そのときの作品が、まさにそのきっかけとなる最初の一本だったのだ。

いま振り返ると、その頃が自分の人生のなかで一番充実していた時代だった——という確信がある。なにしろ、毎日疲れて轟沈《ごうちん》するように寝て、翌朝早く眼を覚ますのが待ちどおしくてならない日々だったのだ。

五月の、地面や川面に突き刺す真夏のような陽光に、四万十川が毎日ギラギラ光っていた。そのギラギラは当時の自分の気持ちそのもののような気がした。そしてこの撮影をきっかけに四万十川には一〇回以上行くことになる。

今回の取材は、リーダーのカジヤさん、トキオカ青年、カナイダ嬢とぼくの四人。前回の浅草取材と同じように、今回も最初からおわりまで全編濃密な雨だった。ぼくはこれまでの実績で「驚異の晴れ男」と呼ばれ、そう自負もしていたのだが、このメンバーの誰かにそれを遥かに上回る妖怪アメフラシが潜んでいるのは間違いないようだった。

至福のカヌー旅

四万十川まではだいぶ遠い。高知から電車はゆっくり。クルマでも三時間はかかった。今は途中にバイパスができて一時間短縮されたのでだいぶありがたい。

しばらく来ないうちに西土佐村と河口の街、中村市は四万十市と変わっていて、接近していくにつれて「四万十何々」「四万十ナントカ」と書いた看板がやたらに目についてきた。タクシーの運転手に聞くと、「ここらはちょっとややこしく、四万十市とは別の行政区域として四万十町というのがある」という。

九時に羽田を発ったのだが、着いたときは一時近かった。これからぼくが行こうとしているところは食堂など一軒もないから、と街で何か食べていくことにした。せっかくここまで来たのだからラーメンとかうどんではあまりにも芸がない。かといって何処《どこ》へ行けばいいかわからない。一〇年ほど前だったらこの街の知り合いに電話一本でなんでも情報は聞けたのだが、いまはそういう友人が誰もいない寂しい街になってしまった。

でも、きわめて運よく「四万十の郷土料理」と看板のある店が見つかった。

店の人は「今年は天然ウナギが大漁で」としきりに鰻《うなぎ》料理をすすめる。ぐらついたが、ぼくは四万十に来たら絶対カツオのタタキ定食と決めていた。

結果的にいうと正解だった。その日の朝河岸《かし》に入ったカツオを使っているらしく、ヒトキレヒトキレでっかいカツオの切り身の側面がほどよく焼けて、ニンニクとタレにうまく合うこと。「これだこれだ!」ぼくは叫んだ。鰻派はわりあい静かである。充実の昼食(ぼくは)を得て、一気に口屋内の集落方向にむかった。雨は午後になるとさらにイキオイを増して川面を叩《たた》く。いつも晴れたときばかり来ていたので、その風景もまたいいものだ。川の両側にある濃厚に密集した孟宗竹《もうそうちく》が、増水した川の流れに枝葉を泳がしている。大きく湾曲したところにさしかかると、その向こうの、川沿いに連なる比較的低い山に濃い雨雲が風に乗って動いていく。誰かが中国の水墨画の世界だと、感嘆の声をあげる。今日はテナガエビのしかけを乗せた川漁師の船も見えない。

孟宗竹と四万十川——どこまで行ってもこんな風景が続く

川岸に無粋な立て看板のようなものもいっさいなく、四万十川は、何年たっても自然そのもののの流れのなかにあるのが嬉しかった。

野田さんに案内されてこの川に初めて来たときの圧倒的な自然のまま、川の流れと雲の流れのまま、という光景に啞然《あぜん》とするような感激をもったが、季節や天候は違っても、その本質は変わっていなかったのだ。

かつて真夏の最良の日に、その日我々がむかっている口屋内から、五人の仲間たちとカヌーで河口にむかったことがある。二泊三日の余裕があった。夏だしいい天気が続いていたので、心地いい出発だった。出るときに口屋内の名物じいさん「野村のじいさん」が、途中で食えといって沢山の川エビの唐揚げを持たせてくれた。

最初の四万十川下りのときは水量が少ない分、急流に露出した岩がいくつもあって、うっかりそれに乗り上げたりするとかなりの率で転覆した。

一番怖いのが流れの湾曲したところにあるつきあたりの波止めブロックで、あまりうるさいことをいわない野田さんは唯一、そこへ接近していかないように、と何度か言った。

波止めブロックは、その隙間で川の水を吸い込んでいるので、うっかりカヌーの舳先をそこに突っ込むと、そこからたちまちカヌーは折れてしまう。水圧は落ちた人をはりつけ(水中の岩におさえ込んで逃がさない)にして、ときにそれで死亡する場合もあるという、川のなかのアリジゴクみたいな危険箇所なのだ。隠れ岩とそれさえ注意していけば、あとは蛇行ごとに現れる早瀬に乗るのが快適きわまりないし、ときおり飲んでいるポケット瓶のウイスキーのじわじわくる酔いが頭の上を動いていく夏の雲と一緒になって、「いま自分は人生のなかでもかなり高級な時間を独占しているのだ」という快感を刺激し、確認させてくれる。カヌーの川旅は雲を眺める旅なのでもある。

夕方前に手頃な中州《なかす》に上陸する。そこがその夜のキャンプ場になるから、カヌーを引き上げ、中のものをそっくり出してカヌーをひっくり返す。あたりが暗くなるまえに中州を歩き回り、流木を集める。それから簡単なめしの支度をはじめる。焚《た》き火《び》をおこし濡れた衣服やカヌーを乾かす。カヌーの底は大小の切り傷が必ずあるから、よく乾かして明日出発までに修繕しておく必要がある。

あらかた夕食の支度ができると、誰かが中州にいっぱい生えている孟宗竹を切ってくる。直径一二、三センチはある太くて立派なやつだ。これを上の節の下で切り、下の節を器の底にする。その下の一部をひと節分二〇センチぐらい残しておいて、地面に突き刺せるようにする。孟宗竹の巨大な「サカズキ」に酒や焼酎をいれて焚き火に斜めにたてかけ、ゆっくり燗酒《かんざけ》を作る。竹の内側の油がとけて、やがてのったりと甘味のあるうまい竹燗酒(カッポ酒)ができる。地面に突き刺しておいた竹のシッポを握ってそれを飲む。日本でもこんなに自由でいい旅ができるのか、と再び感嘆する。

朽ちていく集落

ひたすら上流にむかうタクシーの窓から、かなり増水している川の流れを見ていく。こんなに大量の雨がないときは、四万十川は誰もが歓声をあげるくらい底まで透き通った清流で、豊富な水量が流れている。梅雨のさなかの渦をまいていく豪速の今現在、初めてここにやってきた他の三人に、コンディションのいい時期の、そういう素晴らしい光景を説明するのはむずかしい。さらになんだか悔しい。

「本当の四万十川はこんな恐ろしげな流れではなくて、流域に住んでいる人にたくさん優しい川なんだよ」と説明するが、言葉の表現力ではどだい無力だ。流域全体では古くからの川漁が行われており、スズキ、天然ウナギ、アユ、ゴリ、テナガエビなどがいまだにとれ、川漁が仕事として成り立っているという。つまりこの川はまだその内側もしっかりと生きているのだ。

やがて目的の口屋内の集落に到着した。ぼくが映画を撮っていた頃もそうだったが、ヨロズヤひとつないこのひっそりとした集落には人の気配というのがなかった。来るたびにいろいろ世話になった「野村のじいさん」の消息は、たまたまバス停で出会った親子に聞いて改めて知った。二〇〇八年に亡くなったという。かなり大きな家に、いまは残されたお婆さんが一人住んでいるようだ。

口屋内の集落—— 1時間ほど歩いたが、誰にも会えなかった

ショックだったのは、この四万十川を代表するようなこの集落の沈下橋《ちんかばし》が、途中からポキリと折れて通行不能になっていることであった。沈下橋こそ、この川の象徴的な存在だった。

頭のいい橋である。大体平均水面から二メートルぐらいのところに造られた、コンクリートだけの手すりのいっさいない無骨な橋で、クルマが一台そろそろ通過できるくらいの幅しかない。これは台風などで増水し、荒れ川になったときに威力を発揮する。台風で橋が壊れるのは、上流からもの凄い速さと圧力で流れてくる流木などが橋桁にぶつかり堆積し、流れに押されて橋桁が折られてしまい崩壊するケースが殆どだ。

しかしこの沈下橋は台風のような大水のとき

は水面下に隠れてしまい、危険な流木などはその遥か上を通過していく。吉野川にも同じ構造のものがいくつもあるが、こちらは「潜水橋」と呼ばれている。意味と効用は同じだ。バス停にいた親子に聞いたところ、昨年（二〇一一年）の七月の台風でそこの沈下橋は崩落してしまったという。老朽化という原因が大きかったようだ。

それにしても、一番懐かしい口屋内の沈下橋（長生《ながおい》沈下橋という、長さ一二〇メートル、幅三・一メートル）が壊れてしまったことはショックだった。何度もやってくるあいだ、この橋の上から地元の子供らが元気よく飛び込んでいる風景をよく見た。ぼくも飛び込んでよく泳いだ。疲れて沈下橋の上に仰向けにひっくりかえっているると、クルマがゆるゆるとやってきて、クラクションも鳴らさずギリギリぼくを轢《ひ》かないように走っていった。このあたりみんな心やさしき人々が暮らしていた。

トキオカ青年に調べてもらったところ、こういう沈下橋は日本の河川に四〇〇箇所以上あるという。高知、大分、徳島、宮崎の各県に集中している。四万十川には六〇以上の沈下橋があり、台帳に記載されている橋だけでも本流に二一箇所、支流も含めると四七箇所あるという。

損壊した沈下橋―― 一番なじみの橋だったのだが……

この橋は「日本が世界に誇れる賢く頑丈な橋梁《きょうりょう》技術」のひとつだと思う。コンクリートでがっしり造られているので堅牢きわまりなく、いわゆる普通の橋のようにしょっちゅう補修工事などやる必要もない。この技術は世界の河川行政にもっと紹介していっていいような気がするが、残念なことに世界の川は概《おおむ》ねとてつもない川幅をもっており、施工のスケールが違うし、欄干のない橋を果して二〇分も三〇分もかけて渡れるクルマがあるかどうか。水量急変の川も多いから、渡っているあいだに橋上まで川の水が溢《あふ》れてきたらそれでおしまいだ。

聞くところによると、四万十川の沈下橋を夜、酒に酔った人が「慣れてるところ、なんのその」といって酔っぱらい運転で渡ろうとして、運転を誤って墜落という事故がけっこうあったらしい。その多くが死亡事故だ。

それから増水の始めの頃、二〇センチぐらい冠水している橋の上を思いきって水飛沫《みずしぶき》をあげて通過してしまう人がいるというからもの凄い話だ。

映画撮影中、ぼくは口屋内のテントに一番長く滞在していたのだが、やがて村の人が「風呂に入ってないだろうからうちの使ったらいい」とか「芋を煮すぎたから少し食べておくれ。このあたりの田舎料理だけどね」などといっていろいろ親切にしてくれた。

みんな老齢だったから、十数年後にこの集落を訪ねても、それらの人に再会することは難しそうだった。なによりも我々の滞在中、外に出てくる人の姿はまったくなかった。映画を撮っていた頃は、めずらしいヨソ者が来た、というのでいろんな住民が顔をだしてくれたが、ここも高齢化が進み、集落全体がひっそりと朽ちていくような印象だった。

時間が止まった町

そこから上流にさらに進むことになった。川の右側の道を行く。道といっても、蛇行する川のへりの崖の上を、川と同じようにうねって進む細い道で、基本は片側一車線。しかしけっこうな頻度で対向車がやってくる。果して大丈夫なのか、と心配になるくらいの幅を上手にすれ違っていく。慣れというのはみんな職人芸みたいな腕をもつ、ということなのだろう。谷川を進むときは、ちょっと間違えるとそのまま四万十川に転落だ。でもそんなドジなクルマはそもそもこういう道を走らないのだろう。

雨は次第にけぶったような霧雨になり、木立の切れたところからときおり上流にかかる沈下橋がみえる。親子連れらしい二人が傘をクルクル回しながらゆっくりわたっていくのがみえる。川全体の水量が、高みからは圧倒的なので、水面すれすれのところにかかる橋の上を行く二人はヨソ者の目からいかにも頼り無い。やがて心配していたとおり向かい側からクルマがやってきた。軽自動車なのでやや安心だが、すれちがう両者はいかにも慣れた動作でやり過ごしていた。やれやれ。

ときおり立派な鉄橋があり、ゆるぎない二車線を我々のクルマは余裕をもって通過していく。ぼくは上流にある「江川崎《えかわさき》」の駅に行ってほしい、と運転手に頼んだ。

四万十町の窪川《くぼかわ》から宇和島《うわじま》にむかって川沿いを走るJR四国の予土《よど》線の、位置的には要衝をなす重要な駅である。何度か乗ったことがある。車窓からずっと四万十川を望める絶景鉄道だが、利用する人は少なく、いまは無人駅になっていた。駅舎内では、地元自治体が請け負うかたちで定期券のみを発売している。気動車はワンマン運転で一～三時間に一本のわりあいで運行している。

我々がこの駅に到着し、無人駅の閑散としたたたずまいなどにいろんな思いを馳せているうちに、非常にタイミングよく宇和島行きがやってきた。乗客は男三人。一人はそのまま外に出ていったが、二人は駅の便所に入ったり、タバコを吸ったりしている。

単線なのでここで列車の交換待ちでもするのかと、カジヤさんが運転士に様子を聞きに行くと、なんと三〇分の時間調整停車、という話だった。どうもこの川を上流に行くにしたがって時間の流れがずんずん遅くなっていくようであった。

映画を撮影していた頃、たまには食堂で食おう、と言ってこの江川崎の町までときおりやってきた。駅の近くにヨロズヤのような食堂があり、和洋中なんでもメニューにあった。ただしここでいう「洋」は「チキンライス」と「オムライス」ぐらいであった。カツそばというのが人気で、当時のロケキャンプ地の飯場めしもたしかに旨《うま》かったが、差し入れ消化のためとにかく毎日カツオのタタキ定食だったから、魚に弱いスタッフは、「江川崎」まで行くというと、小学生がデパートの食堂に連れていってもらうような満面の笑みになるのがおかしかった。

その店を捜したかったが、ちょっとわからなかった。時間がとまったように思える今回の旅だったが、どこかでじわじわと何かが変化しているのはたしかのようであった。

そこから二〇分ぐらい上流に行くと、映画で使った荒瀬があるのだが、戻る時間をかんがえると今日はもう限度と判断した。

驟雨のなかで

トキオカ青年が予約しておいてくれたその日の宿は「安住庵」。こぢんまりとしていたが清潔でセンスのある宿だった。しかも温泉。むかしこの街に通っていた頃は知らなかった宿だ。風呂からあがってめしの時間まで、大きな窓から裏庭に降る雨を見ていた。

四万十市という名称はまだなじまないが、中村市といった頃、映画撮影で全面的に世話になった岡田孝夫さんとはそもそもダイビングで知り合った。水中写真家の中村征夫《いくお》と三人で宇和島まで潜りに行った。土佐弁まるだしの、心からいい奴だったがガンに臥《ふ》した。ガンが発見されたときはもう末期で手術もできない状態だった。

ぼくと中村は彼の病室にお見舞いに行った。病状的に、時間的に考えても、それが最後の会話だろうと、三人ともわかっていた。岡田さんは以前の頑丈な体の半分ぐらいになっていて、どことなく思考が別のところを彷徨《さまよ》っているような対応をしていた。

やってくるには遠い場所だからその日が三人の最後の話になるのだな、ということだけは三人ともわかっていた。その日も窓の外は驟雨《しゅうう》だった。ぼくたちは三人でぼそぼそと、「むかしは楽しいこと面白いことをいっぱいやったよなあ」という、つとめて明るい話をするようにした。岡田さんはときどきうっすらと笑った。もうせまりくる死期を十分認識している男らしい笑い顔だった。そういう他愛のない話をボソボソと三時間ぐらいして、帰りの列車の時間が近づいたぼくたちは病室をあとにした。

握手して別れたけれど、本当に「友よさらば」の握手だった。四カ月後に彼は逝き、葬儀に行けなかったぼくは東京の居酒屋で一人献杯をした。

ここに来るのはそれ以来だった。あれからもう一〇年もたっている。今度の旅でひっそり理解したのは、風景の変化は案外しぶといけれど、それを眺め、モノを考える人間の命は、まるでもう一年ごとの折り紙細工のようにはかなく頼り無く、結局はただの偶然で生かされているのにすぎない、という内なる確信だった。

しつこい驟雨をひとりで眺めているのはどうもよくない、と思ったので、食事ですよ、という連絡をもらって、すでにチーム三人の揃っている食事用の小部屋に行った。

おなじみの派手やかなしつらえで郷土料理がいくつも並んでいた。気配は急に明るくなり、すぐに出されてきた生ビールが体全体にしみわたった。

じわじわやってくるホロ酔いのなかで、みんなで今日の感想を述べあった。はじめてこの地にやってきた三人の意見がとても参考になった。日本にまだこんなにヒトの手が入っていない自然の川が流れている、ということにチームの三人が感嘆してくれたことが嬉しかった。四季おりおりに激変するこの川の天候を今度はもっと知ってほしいとぼくは思った。今回の旅の風景は、「変わらない」ということがそれはそれできっぱり「進化」ではないか——と感じたことだった。今の日本では、風景の変化によってヒトの心まで変えられていくのが一番問題なのだろう。

石垣島の白保

珊瑚の海は守られた

白保の漁民らが造ったサンゴの塊や岩による手づくりの舟だまり、
このうつくしい海と海浜の象徴でもある。

朝駆けトロピカル・アイランド

世界地図をじっくり眺めると、日本はつくづく「いい位置」に存在している「島」だと思う。北の北海道に流氷がやってくる季節に、一番南のはずれにある島では珊瑚《さんご》のつらなる海で泳ぐこともできる。

四季があり、毎年定期的に梅雨と台風という天からの水の供給もある。国土の七割近くが山であり、そこからまんべんなく沢山の川が流れている。そしてそのまわりを海がとりかこんでいる。海国であり、山国であり、川国でもある、というバランスのいい国土だ。

前回は日本の美しい川「四万十川」を旅した。そして今回もやはり馴染みの深い島を訪ねた。八重山列島の中心である石垣島だ。

一九九一年にぼくはその石垣島の白保《しらほ》で『うみ・そら・さんごのいいつたえ』という、ぼくにとっては初の本格的な劇映画を撮影した。白保は小さな集落だが、その前に巨大な珊瑚礁の海がひろがっている。ひと夏の、ある家族と村人たちの小さなドラマを映画にした。

白保の民宿にスタッフや俳優らが泊まりこみ、撮影は四〇日かかり、多いときは一〇〇人ぐらいの集団になった。毎日真夏の突き刺すような太陽が照りつけ、冷たい水を飲むときだけがシアワセの瞬間だった。

その映画はテアトル系の映画館で公開され、五年後にNHKの総合放送で日曜日の昼に放映された。さらに初公開されて二一年経った二〇一二年夏、BSフジでも放映された。

あの撮影現場の海や集落が二一年たって、どうなっているか、今回はそれを見にいったのだ。取材メンバーはカジヤ隊長にアベ顧問。カナイダ嬢にぼくの四人だ。トキオカ青年はほかの用があって不参加だった。男にしては色白すぎる彼を、梅雨あけで朝からピカピカ猛烈な勢いの南島の太陽の光にあてて少し色をつけてやろう、と思っていたのに残念だ。

でもしかし、遠い八重山列島までそんなに大勢で行くともの凄い取材費になるのではないか、とぼくは心配になった。カジヤ隊長にそのことを言うと、ホテル込みの格安パック料金を使えば思ったよりも安く行けるんですよ。だから安心しなさい、と優しく教えてくれたのだった。

ただしそういうわけだから飛行機は朝の早い便になるという。ぼくはいつも空港には家からクルマを運転して行くので、朝早いほうが道路がすいていて時間をヨメるから、早い便はむしろ好都合である。ほかの三人もそのようであった。かくて我々は誰も遅刻することなく、早朝の羽田空港ロビーに集まったのだった。石垣島まで直行便である。これもありがたい。乗れば二時間半ぐらいで着いてしまうのだ。ひと眠りしているうちにトロピカル・アイランドだ。

映画づいている

で、そうなったのだが、空港によく知る顔がある。「タルケンおじい（おじいさん）」こと南方写真師の垂見健吾さんだ。

「あいやーびっくりしたさー。どうしたのかね」

おじいは真っ黒な顔で笑った。まるで我々を迎えに来てくれたようなタイミングだが、そんなわけはない。

ペンギン食堂の夫婦を迎えに来ていたのだった。ペンギン食堂とは「食べるラー油」で一躍人気になり、注文しても半年しないと手に入らない、と言われている。同時に全国に似たような「食べるラー油」が作られ、ラー油ブームをひきおこした。

その夫婦と食堂を題材にした映画が作られ、それの試写会を見に夫婦が東京まで行っているあいだ、タルケンおじいは夫婦の子供をあずかっていたのだという。

まったくの偶然だが、まるで違和感もなく握手をし、またあとで会いましょうね、と言って別れた。ぼくが白保で映画を撮影していたとき、写真家のタルケンおじいにはスチール撮影の仕事を頼んでいたのだった。

梅雨あけの南島は半端じゃない熱気がうねっている。何度も来ている島だが、夏の時期にここに来ると五分でTシャツが汗だらけになるのだ。まあそのぶん仕事が終わったあとのビールがうまいというものだが。

タクシーでとにかく白保をめざした。

道の左右の風景はあまり変化がなかった。石垣島は日本の離島のなかではめずらしく人口が増えている。一〇島からなる八重山列島の中心でもあるし、都会から定年後の夫婦がこの島で余生を、といって移住してくるケースも増えているらしい。人口四万八七〇〇人。けっこうな数だ。

話は映画づくが、この島から船で四〇分前後で西表島《いりおもてじま》に行ける。その島にもぼくはよく行くが、一〇年ぐらい前に週刊誌の取材で行ったら、島のはずれのほうのきれいな浜に海浜ホームレスとしか言いようのない人々がたくさんいて、なんとなく親しくなり、彼らの生活をベースにした長編小説を書いたら、それが二〇一二年に映画化された。『ぱいかじ南海作戦』という。その西表島に我々は翌日行くのだが、まさにその日、その映画が全国でロードショウ公開される、という不思議な偶然があった。

空港から二〇分ぐらいで目的の白保の浜に着いた。途中、むかし映画を撮影した懐かしい場所をいくつも通過してきた。集落の真ん中の道をまっすぐ行ったところにある、海の岩を利用した自然の舟だまりが、その映画の象徴的な場所になった。

舟だまりは二一年前とまったく変わらずに、同じ形でしんとしていた。美しいところだが観光地として宣伝されていないので、島の人しかおとずれる人がいないのだ。その島の人も海人《うみんちゅ》が中心だが、むかしは数隻あった海人の使うサバニが一隻もみえない。漁に出ているとは思えない時間なので、もう海人はここにはいなくなってしまった可能性がある。風景が変わったといえばそれだけであった。夏休みなのに子供の姿が見当たらないのはま

満潮になり海人が帰ってきた（1991年）

だ暑すぎるからだろう。

島の人はだいぶ陽が沈んでからでないと海には出てこない。海に入るときは長袖のシャツに大きなツバのついた帽子をかぶっている。子供にも日中は海に出てはいけないよ、と教えているようだった。

内地（島の人は大和という）からやってきた観光客が炎天下、ハダカで海に出ていくと、正気ではないと思われている可能性がある。島の人は都会の人よりもそれだけ用心深い。自然をよく知っているからだろう。

リーフまでは二〇〇メートルぐらいある。ぼくは撮影中、時間があるとよくこの珊瑚の海で泳いだ。リーフまで深くても五メートルぐらい。

海底はいちめんの珊瑚だ。魚も沢山いる。

国と沖縄県は、このきれいな珊瑚の海を埋め立てて空港を造ろうとしていた時期がある。ちょうどぼくが映画を撮影していたとき、空港建設の測量などが行われており、建設反対派と賛成派が一触即発という状態で対立し、緊張していた。

ぼくの作っていた映画はその空港建設の反対の立場にたつプロパガンダを意識していたので、なにかと立場は微妙だった。

撮影準備のためのロケハンなどでこの島に来はじめた頃、白保へむかうタクシーなどに乗ると、建設賛成派らしい運転手から「今度白保で新空港反対の映画が撮影されるらしいけれど、そのシーナという監督はどんな人なのかね」と聞かれたことがある。冗談のような本当の話だ。ぼくは困ったが、まだ顔を知られていないわけだから「なかなかいいヒトらしいですよ」とつい言ってしまった。一緒にタクシーに乗っていたプロデューサーが口を押さえて笑いを堪《こら》えているので、ぼくも笑ってしまいそうでちょっと困った。

あたらしい空港を造ろうとしていたのは、石垣空港の滑走路が一五〇〇メートルしかなく、大きな飛行機が発着することができない。観光客が増え、貨物なども増えてきているときだったので、二五〇〇メートルクラスの長い滑走路が必要という要求が高まった。そこで新しい別の場所に空港を、という動きになっていたのだが、今ある空港の滑走路を拡張する、という方法も可能だった。しかしそのプランがあまり積極的に練られなかったのは、高度成長の残滓《ざんし》のあるその時代、ゼネコンをリーダーにできるだけ規模の大きな、しかも難易度の高い工事ができる新空港を造りたかった、という本音もありそうだった。

海中に造ればその課題にぴったりだ。空港建設賛成派は、それらによって島全体の景気が活性化する、ということにも期待をかけていた。

だから新空港建設反対派は、珊瑚の海を失い、騒音やなにかと煩雑な日常が予想される白保の集落の人々ぐらいしかいなかった。一九七九年頃のことである。そしてまだ日本全体が自然環境保護の意識が薄い時代でもあった。

一九八三年には魚協などに対する漁業補償なども進み、あとは公有水面の埋め立て免許がおりれば建設着工、という段階になっていた。けれどその年、白保集落、自然保護団体、各種関係学者、研究者などによる「八重山・白保の海を守る会」が結成され、国会議員や官庁などへの陳情、マスコミへの取材依頼など、反対運動が激化していった。

島の子供たちは圧倒的に元気だ。おそい午後から日暮れまでこうして遊んでいる（1991年）

人々の目が、白保珊瑚礁の手つかずの自然の存在とその希少価値に集まるようになった。白保には世界最大級のアオサンゴが群生している、ということもあきらかになり、環境庁（当時）も沖縄県に計画変更を要請した。「守る会」はさらに一九八八年には国際自然保護連合総会で危機を訴えた。世論の関心が高まるなか、翌年ついに白保埋め立てによる空港建設計画案は撤回された。代わりに、白保と近接しているカラ岳の海側に空港を造るカラ岳東海上案が発表されたが、それでは珊瑚の海の危機はなんら変わらなかった。計画は二転三転し、海上案にかわって二〇〇〇年にカラ岳陸上案が選定され、二〇〇六年に工事が開始された。

この一連の騒動をやや内側から見ながら考えていたのは、風景に対する慣れと価値観の問題だった。どんなに美しい風景でも、そのそばにずっといると慣れの視線と意識が重層してしだいに無関心になっていく、ということがよくある。白保からだいぶ離れた土地に住む島の海人に聞いたことがあるが、その人は新空港賛成派だった。

「珊瑚が大事というけれど、あんなものどこにでもあるさあ」とその海人は言っていた。子供の頃から珊瑚礁の海を見ているから、そう思うのも当然なのだろう。

でも、あのくらい広大に手つかずの状態になっている珊瑚礁はどこにでもあるわけではないのだ。南島にずっといたら流氷を見ることができないように、流氷の来る北海道の人は珊瑚礁など見たこともない人がたくさんいる。

熱風も同じ

思えばぼくは、本当に微妙な時期に微妙な現場を、毎日汗だくになって走り回っていたのだった。その日、白保の集落を歩いたが、二一年前と殆ど変わっておらず、ときおり吹

21年前と変わらない白保の集落

き抜けていく熱風までも同じだった。

海風の強い場所なので、各家は石垣で囲まれ、フクギという風に強い南島独特の防風用の樹木がその内側に植えられている。初めてこの集落を歩いたとき、石垣で囲った家が多いのを見て、この島の名前の由来をついついそこにつなげて考えてしまった。その説があたっているのかどうかまだ調べていないのだが。フクギの並んでいるあいだに背丈のあるパパイヤの木があちこち唐突に突っ立っている。島の人はこのパパイヤの実を漬物にしたりサラダにしたりして食べる。さっぱりしておいしい。海べりにはモクマオウの木がやはり海風から守る兵隊のように並んでいる。オーストラリアから帰化した植物と言われている。防風用だろうが、ヤナギのようにしなやかな長い枝葉をつける樹なので、台風のときなど激しく全体を躍らせるようにして揺れる。でも案外もろくて、よく枝葉が折れてしまう。

ぼくが映画を撮影していたとき、嵐が接近してくる場面にこのモクマオウの激しく躍るところがいい映像効果になった。物語の中に嵐が欲しかったので、その偶然も嬉しかった記憶がある。

ところどころ空き地があるのは離村した家の跡のようだった。建物がなくなると南島のたくましい植物がたちまち敷地全体を覆ってしまう。三〇分ほどしか歩かなかったが、集落の人とはとうとう誰とも会えなかった。かつて集落に滞在していた四〇日のあいだ、日曜日など、どこからともなく三線《さんしん》（蛇皮線）がけだるく弾かれる音が聞こえてきて、いい風情だった。集落は空港建設をめぐる長く激しい闘争のあとに、この貴重な気だるい静寂を守ることができたのだ。

ここらでは、暑くてけだるい午後などの空間を「ちるだい」という言葉で表現する。熱気を避けて、家のなかでぼんやりいねむりをしているイメージだ。

「ぶちくん」という言葉もあって、これは「気絶する」という意味だ。暑くて暑くてひっくりかえる、というニュアンスである。島にいるあいだもっと沢山の言葉を覚えたが、いちばん美しい響きをもっているのが「うりずん」だった。一般的に「早夏」と解釈される。梅雨の前、五月の頃の、もっとも早くやってくる夏の気配をそういう、と聞いた。

歓喜の生ビール一杯

昼食の時間になったので、映画撮影していた頃、ときおり世話になった白保の食堂に行った。店のおばさんはぼくを覚えていてくれた。

「あいやー、また仕事かね？」

まあ取材だから仕事ではあったけれど、気分的にはそんな堅いイメージはない。そのとおり「思い出の地探訪」。自分の人生や精神の歴史をひそかに回顧する旅というニュアンスが大きい。

生ビールがあったので、おじさん三人はそれを頼む。もう相当に暑い空気にさらされていたので、この昼の一杯はたまらない。

島の食堂は生ビールのジョッキをたいてい冷凍庫にいれておくので、テーブルの上に持ってきてくれた生ビールはコマーシャルに出てくる過剰にうまそうな色合いをしている。いっきにグビグビ飲む。文句ありません。

そのあと八重山そばを注文。そばとはいうが蕎麦とはちがい、うどんとも違い、ラーメンとも違う。小麦粉を原料にしているが製麵所によって微妙に配合が違うので、好みもわかれる。沖縄の人は「そば」ではなく「すば」という言い方をする。たしかに「八重山すば」という独特の語感にふさわしい郷土の味と名称だと思う。

暑いところだからなのだろうか。この「すば」は沖縄でも八重山でもスープがたいへんぬるい。だから店によってはそれを運んでくる「おばあ」（おばあさん）の指がスープの中にそっくり浸っていたりする。笑い話に「おばあ、汁の中におばあの指が全部入っているよ」というと、「だいじょうぶさあ。熱くないからね」と答える、というのがある。本当にありそうな話なのだ。

昼食のあと、新空港が建設されているカラ岳東地区に行った。特徴のある美しいカラ岳の横を通過していく。飛行機の発着ルートに当たるところにあり、気流に微妙に影響するというので、海側のカラ岳が、頂上からそっくり変形してしまったようにだいぶ削られているのが痛々しい。空港という大きな建設物を造ると、なんらかの形でどうしても海だの山だのが犠牲になる。このカラ岳を削る大工事では、やはりかなりの赤土が海に流れだし、結果的に珊瑚礁に大きなダメージをあたえたようだ。

空港建設現場近くの高台には「見学台」というのがあって、そこに行くともうだいぶできている滑走路が一望できる。かなり長い飛行機誘導灯用の、ちょっとモノレールの線路のように見えるコンクリートの高架建造物が、将来の飛行機の離発着方向を示している。白く長い滑走路のむこうに白保の海の長いリーフが見える。リーフの先には沢山の白波が躍っている。海がシケている証拠で、漁師はそれを「ウサギが跳んでいる」などと表現する。

「見学台」には観光客らしいグループが何組かいたが、飛行機の離発着のない建設中の空港をあまり長く見ている人はいないようだった。この空港建設中にもやはり赤土が海へ流出していた。二〇〇九年の「朝日新聞」に『空港工事、海へ赤土』という大きなタイトルの記事が出た。サブタイトルに「沖縄・石垣、サンゴ礁汚染危機」とある。記事は建設中の場所の地下洞窟の川から赤土が流れだし、珊瑚礁を直撃している、というものだった。その洞窟のひとつからは約一万四〇〇〇年前のものと推定されるヒトやイノシシの骨が見つかった、という記事も出ていた。

この空港は二〇一三年開港である。空港ができると石垣市内にむけて最短距離を行く道路が建設される。それは白保集落を通らないルートだが、これから問題になるのは飛行機の発着で頭の上を通過していく宮良《みやら》地区の騒音問題だろう。それから、新空港を造るといままでより大型の飛行機が入ってくることになっていたが、景気後退の影響もあり、どうやらその計画は棚上げになってしまい、今ある空港施設の物量とさして変わらない、ということに疑問を持っている人も多いと聞いた。新空港問題で揺れ動いたこの島の長い動乱の歴史は、あたらしい空港ができてもまだまだ容易には収まらない、という印象だった。

三本の巨木

再び白保の海を見て市内に戻ることにした。海に出る前に懐かしい白保小学校の校庭に立った。創立一二二年という歴史ある小学校だ。緑の芝生がひろがる美しい校庭にひとときわ目立つ三本の樹がしんとして太陽の下にある。アコウ、ガジュマル、デイゴの巨木だ。枝葉が大きな傘のようにひろがっていて、その下で一〇〇人ぐらいが昼寝できるスケールだ。通称「三本木」。二一年前の風景とそれもまったく変わっていなかった。

この校庭で、ぼくが一番最初に作った五五分の映画『ガクの冒険』を、住民のみなさんへの挨拶がわりに上映したことがある。校庭だからもちろん夜になってからだ。夕涼みがてら集落の人も沢山来てくれた。その映画の舞台は前回訪ねた四万十川である。カヌーで、一人の男とガクという名の犬が下っていく話だ。島には大きな川は流れていないので、小学生たちが興味深げに見ていたのが印象的だった。

白保の海と、印象深い岩がこいの舟だまりをもう一度眺め、いつかまたもう一度ここに来ることがあるだろうか、などということをフと考えてしまった。

その日の夜は「ひとし」というマグロのうまい居酒屋に行った。石垣島に行くときはこの店で飲むのがひとつの楽しみになっている。なにしろ安くてうまいマグロやカツオをいつでも出してくれるので、魚好きのぼくにはたまらない。

このあたりでは近海もののマグロが獲れるので、都会で食べる冷凍ものとはまるで違う、新鮮な獲れたてマグロがびっくりするほど安い。たとえば一人で十分腹いっぱいになってしまうようなプリプリのマグロ一皿が五〇〇円だ。その品質と旨さでいうと、都会では一〇倍ぐらいの値段になりそうだ。そういうものを肴にして泡盛を飲む。そうしてカジヤ隊長、アベ顧問らと、その日の取材についての話をする。この風景をテーマにしたシリーズでは、こういう場での第三者の感想がぼくにはとても役にたつ。

カナイダ嬢を含めて、三人ともはじめて見る風景の旅だったから、新鮮な意見をたくさん聞いた。泡盛の酔いがじわじわと体や思考をやわらかく弛緩させていく。こういうのも「ちるだい」というのかもしれないな、とぼくは考える。

いま、都会の自宅でこの原稿を書いているが、またたく間に吹き抜けていった今回の取材のおりのメリハリのある熱風を、いまぼくはしきりに懐かしがっている。変わらない風景を沢山確認できたことが、心や気持ちの収穫になっているのだろう。

舟浮

イリオモテ島「舟浮」
チンチン少年を探しに

三十数年前には
こんな無邪気でかわいい
少年団がいた。

最後の秘境

石垣島、白保の強烈な陽光の下、むかしと変わらぬ静けさのなかで、モクマオウが柳に似た長い葉をわらわら海風に揺らせているのを確認し、すっかり安心した我々「突然南島探検隊」（隊長・カジヤ、顧問・アベちゃん、隊員・カナイダ、記録・椎名）は、続いて西表島にむかった。全体がエキゾチックな島なので、ぼくはどうしても漢字の「西表島」ではなく「イリオモテ島」というカタカナ感覚でこの島を語りたくなってしまう。

意外に大きく、沖縄県内では沖縄本島につぐ面積の二八九・二八平方キロメートル。周囲一三〇キロもある。しかし島の九〇パーセントがジャングルに覆われていて、中心になる大きな町もなく、島の海岸べりや内陸部のわずかな平地に小さな集落が分散している。

たいていの島には一周道路などがあるものだが、この島は地形が複雑で道路を作るには工事も費用も大変なことになる。そしてなによりも、大きな島のわりにはそんなにヒトがいない（人口約二三〇〇人）。舟で渡ったほうが隣村に簡単にいける、という事情もあって、中心部の山岳地帯などは登山道すらないくらいだ。

そのため日本の島にしては珍しく「秘境」の気配が濃い島である。それが気にいって、ぼくはこの島にたびたび来ている。海はもちろん、いくつかある川の遡行、ジャングル奥地への探索などをいろいろした。カヌーで遡行した浦内川《うらうちがわ》にあるマリウドの滝壺には人間の足ぐらいの太さのある長さ一・五メートルぐらいの大ウナギなどがいて、潜っていくとわりあい気安く出てくる。ただし潜っていく人間にぬらぬらからみついてくるような人好きな奴もいて、やや気持ちが悪い。

ジャングルの中のケモノ道のようなところを辿っていくと、古い炭鉱跡などがある。沢山の木々の繁るなかにレンガやコンクリートなどで作られた当時の炭鉱跡は南洋特有の蔦などが複雑にからみあって、ここもまた不気味な気配だ。

一八八六（明治一九）年に三井物産が採掘を始めていたが、この炭鉱の労働条件は劣悪で、当時の炭鉱の実態を記述したいくつかの本にその詳細が出ている。

三年間で多くの死者をだし、生き残っている者も殆どマラリアに感染して全滅状態になり、三井物産は一八八九年に操業停止している。

大正期の全盛時代には、「南洋の楽園で裸の女はいるしバナナやパイナップルなど食べ放題」などという誘い文句で坑夫を集めたという。現在でもよく探すとその炭鉱穴の名残りがわかるが、この炭鉱は人間がトロッコの上にあおむけに寝て入っていく。そうしなければ入れない狭くて劣悪な炭鉱で、坑夫たちはいわゆるタコ部屋のようなところに押し込まれ、絶えず監視されていた。脱走して捕まるとひどい仕打ちがあった。

この島がまったく未開の地に近かった頃、その深部に入り込んだ笹森儀助という人の『南嶋探験《なんとう》』（1・2巻、平凡社東洋文庫）がたいへん面白い。儀助は青森県弘前《ひろさき》の在で、一八九三年に家族と死別の可能性も大きいこの単独探検に出発している。「余ハ已《すで》ニ決死ノ上途ナレハ外貌強《しひ》テ壮快ヲ装フモ内実生別死別ヲ兼ネ血涙臆《むね》ヲ沾《うるほ》ス」という一文に誇張はないだろう。

五月一〇日に弘前を発ち、途中東京に数日滞在するが六月一日に那覇に到着、西表島には七月一五日に到着している。沖縄での諸手続きや旅続行の準備があったが、当時は青森から二カ月以上かけてやっとたどり着ける、という、ほとんど異国の地のような場所だったのだろう。現代でも山のなかはあまり人が入っていない。イリオモテヤマネコは少ないながらもまだ生息しているし、その秘境性はいまだ変わっていないはずだ。

儀助がはじめて琉球の人と会ったときに「双方の言葉がいっさい通じなかった」という記述が面白い。東北弁と沖縄言葉が出会ったのだから当然といえようが、当時の状況でいえば、日本からアマゾンに行くぐらいの冒険旅であったことがよくわかる。

海浜ホームレス

このイリオモテ島でとくに懐かしい場所は「舟浮《ふなうき》」という小さな集落と、島の南にある南風見田の浜だ。これでハエミダと読む。海岸線の長さは二キロある。ぼくが思うにはここが琉球諸島でもっとも美しい海岸だ。長い白砂の海岸とリーフに囲まれた蒼《あお》い海。

ここは、ある週刊誌に五年がかりで日本の海岸べりを歩く連載ルポを書いていたときに偶然発見した。もともとその取材は観光名所を最初から対象外にした、自分の目で日本の海とその周辺の人々を見て歩く、という趣旨だったので、観光地図などまるで見ないで、レンタカーを走らせていた。すると県道二一五号線の終点、という看板があった。島の終点、というだけでなく沖縄県道の南の終点である。「終点」の文字の下に「ごくろうさま」ぐらいのウィットのある文字が書いてあってもいいのになあ、などと思っていると、その先にまだ道がある。もう舗装はされていないが、クルマの入っていける農道のようなものらしい。そこでいけるところまで、という気持ちでさらに進んでいくと、アダン（南島特有の葉の密度の濃い木、パイナップルによく似た実がなるが、カラスも食べない）の茂みのあいだに道があり、そのむこうに目が覚めるような美しい白砂の海岸があった、というわけなのだった。

ヒトの姿がまったくない。空の蒼さ、海の濃いブルー。リーフの先で砕ける白波。海ばかり見ている旅のさなか、こんなに美しい海はない！　と感動したわけだ。

ところが誰もいない、と思った海岸にやがて一人、二人、と静かにヒトが現れてきた。いつの間にか一〇人ぐらいになっている。みんなてんでの恰好をしているが、暑い季節だったから半裸に近い人もいる。年齢はまちまちのようだったがみんな男だ。やや気味が悪い。しかしなんとなく言葉をかわすようになり、やがて彼らがナニモノかわかってきた。

この海岸のアダンの茂みの中に、流木を中心にした漂流物などでそれぞれ工夫して住処《すみか》を作って暮らしている「海浜ホームレス」の人々だったのである。まもなくみんなでクルマ座になっていろんな話をする仲になった。彼らのなかにぼくのことを知っている若者がいて、ぼくの本まで持っていたのだ。なんだか浮世ばなれした、自由で楽しい時間だった。先述したように、その体験をベースにして、やがてぼくは小説雑誌に自分が海浜ホームレスになる『ぱいかじ南海作戦』という連載小説を書いた。「ぱいかじ」とは南から吹いてくる風のことをいう。

その小説が映画化され、まさに今回の取材が終わる頃、ロードショウ公開されることになっていた。そういう意味で、その舞台になった場所をもう一度見に行きたかったが、その日の取材は一日しかない。

ぼくはカジヤ隊長と相談して、もうひとつの「舟浮」のほうにいくことにした。イリオモテ島はことのほか大きいのと、前に書いたように陸の交通網がまったく頼りないので、一日に一箇所訪ねるのがやっとだったのである。

「舟浮」はぼくがモノカキになってまだ間もない頃、ブラリと訪ねて民宿に一週間ほど泊まったことがある、小さくて住民らのこころねがとてもあたたかい集落だった。道路がなく、ここに行くには舟しか方法がない。海に面しているのだから陸の孤島、というのもちょっとヘンだが、南島といえども晩秋から冬にかけて強い北と西の風が吹き、ときに一週間ぐらい荒れることがある。海上の道しかルートのないこの人口五〇人ほどの集落は完全に孤立してしまう危険があった。

その集落からの離村者が相次ぎ、ついに無人になってしまった、という話を一〇年ぐらい前に聞いたことがあった。ほんの数日しかいなかったけれど、よそでは得がたいここちのいい記憶がたくさん詰まった場所でもあったから、悲しい気持ちになったのだが、後にそれは何かとんでもない間違い情報で「舟浮」はまだちゃんと存在していて、いまは観光客なども少しずつおとずれるようになってむかしより繁栄している、という。

嬉しい話だった。そうして「では行ってみよう」ということになったのである。実に三〇年ぶりの再訪だった。

人口五〇人の集落

カジヤ隊長がいろいろ調べてくれて、効率のいいルートが決まった。石垣港から高速船でイリオモテ島上原港へ、そこからバスに乗って白浜港へ。さらに船に乗って目的の「舟浮」へ、と陸と海と交互につないでいく。

最初に上陸する「上原」も懐かしいところだった。あるとき上原小学校の児童と野球をやったことがあり、そのときの縁で、ぼくがテレビドキュメンタリをいろいろやっているときに、上原小学校の児童一一人をモンゴルに連れていったことがある。島の生活と海しか見たことのない子供たちに、日本の四倍あるモンゴルの大草原を見せてあげたかったのだ。夏休みの二週間をつかって、島の子供らはモンゴル草原を走りまわった。モンゴルの子供たちと親しくなり、帰る頃にはみんな上手に馬に乗って走れるようになっていた。

計算してみると一一年前だから、あのときの子供たちはみんな成人している。島には高校がないので那覇などに行ってしまうことが多く、そうなるとなかなか故郷の島には帰ってこないという。だから探しても当時の子供らと会うことは難しいだろう。

ぼく以外はイリオモテ島ははじめてなので、カジヤ隊長以下、全員興味深い顔つきで、この海と陸と海をつなぐルートの風景などを眺めている。その日もまったくの快晴で、冷房のない島のオンボロバスの全開した窓から入ってくる風はまんべんなく熱風だった。

白浜港から「舟浮」にむかうときに三〇分ぐらいの待ち合わせ時間があった。乗船客は我々のほかに三人。そのうち二人は小さなカートのようなものに荷物を乗せている。一番上には「郵便袋」が乗っているから、様子からみて「舟浮」の住人のようであった。

もうひとりは帽子から長い手袋まで黒い恰好をしている。日焼け予防のようで、ぼくに話しかけてきた。島旅をしているとよくそういうことがある。都会では話しかけにくいが、島の解放感がそうさせるようだ。

「おしごとですか?」とその女性は聞いた。

「ええ。あなたは女の一人旅というやつですか」

「ええ、まあ」

最果ての島にいく女の一人旅なんて演歌のようだ。白浜港からはめざす「舟浮」まで一〇分かそこらだった。三〇年前の記憶だからあてにはならないが、しかし様子は大きく変わっていた。以前来たときはただ船着場の堤防がまっすぐ一本海にむかって延びているだけだったが、今はそこにいくつかの建物がつながっていてフクザツになっている。

島には背のひくい防潮堤があったのだが、そのまわりにもいろんな建物ができていた。

かなり大きなテラス付きのレストラン風の建物があり、驚いたことにそこには「生ビール」と書いてある旗が風にゆったり揺れていた。さっき連絡船で一緒だったカートに郵便袋を乗せた女性が、その店に入っていく。どうやらその店をやっている人らしい。

時計をみると午後一時である。我々は吸いよせられるようにその女性のあとについて並んで店に入っていった。テラスに大きなテーブルがあり、風とおしがいい。

相談することもなく、我々は全員「生ビール」を注文した。こんなに嬉しい「予想外れ」はない。まさか「舟浮」で生ビールが飲めるとは。

ぼくが三〇年前に来たとき、船着場の前は広場のようになっていて、背のひくい防潮堤に女の子がよりかかっていた。背中に人形の赤ちゃんをおんぶしている。

船着場には十数人の人が輪になって、誰か先生のような人が話をしていた。島の学校の生徒たちがどこかへ旅行に行っていて、帰ってきたところらしかった。あとでわかったが、女の子はお兄ちゃんを迎えにきていたのだった。そんなことを思いだしながらよく冷えた生ビールをごくり。熱い風もここちよい。

目の前の浅い潮だまりを黒い犬がせわしなく動き回っている。短くて黒い毛の成犬で、いかにも暑そうだ。

「ああして昼間はいつもひとりで海に入っているんですよ」

30年前の舟浮の波止場。少女の背中にはお人形の赤ちゃんが

さっき連絡船で一緒だった、この店の奥さんらしい女性が教えてくれた。

「そうでしょうなあ。犬も暑いでしょうから、水浴びしたくなるでしょうなあ」

アベ顧問が感心している。こういう島の犬は水浴びしながら自分でたっぷり運動をしているのだ。でもよく見ていると背の立たないところへは行かないようにしている。ちゃんといろいろわかっているようなのだ。

ひるめしとして「八重山すば」を食べる。アベ顧問はさらに泡盛を注文している。

カジヤ隊長に聞くと、島の滞在は残り一時間足らず。その時間の連絡船で白浜港に戻らないと、あとの時間のつなぎがうまくいかず、石垣島まで帰る時間がえらく遅くなってしまうのだという。

記憶の探索

ぼくは慌ててカメラ片手に集落を歩くことにした。探したい場所がいくつかあった。

そのひとつは「チンチン少年」の写真を撮った場所だった。三〇年前、まったく無音に近い島の午後（そう、季節は四月頃だったろうか）ぼくは民宿で原稿を書いているのに飽きて、カメラを抱えて島の中をぶらぶら歩いていたのだ。するとそのとき頭の上で「ニィニィ、ニィニィ」（おにいさん、おにいさん）という可愛い声がする。三〇年前だから、ぼくもまだ〝お兄さん〟と呼ばれていたのだ。

振り返ると、物置のような建物の屋根に小学校一年になったかならないかぐらいの男の子が三人乗っていて、ぼくを呼んでいるのだった。

「ニィニィ、ニィニィ。写真とっちょくりぃ。チンチンだすから写真とっちょくりぃ」

真ん中にいる可愛い丸坊主の男の子がそう言っていた。

ぼくは嬉しくなってカメラを三人にむけると、真ん中の少年がエンピツの先っちょのような可愛いチンチンを本当にチョコンと出していた。ぼくはそこをすかさずパチリ。その子につられて左右の子も、もそもそやっている。

その写真は、防潮堤のところで人形の赤ちゃんを背なかにしょっていた少女とともに、後に始まった、写真雑誌『アサヒカメラ』のぼくの連載写真ページの初期の頃の一話として載せ、やがて単行本にも収録された。

あのチンチン三人組と出会った場所を探したかったのだが、集落はいっけん何も変わっていないように見えて、いろいろ建て直しなどもあったようで、実はかなり変わっていたのだった。それはそうだろう。三〇年前の話である。建物も老朽化するだろうし、強烈な台風なども何度かやってきただろう。チンチン三人組だってとうに大人になり、いまはあの頃の自分と同じぐらいの子の親になっているのかもしれない。

集落には誰も歩いていなかった。

さっき生ビールを飲んだ店のお姉さんに聞いた話では、いまこの集落は人口五二人。小・中学校に生徒が三人いるので人口五二人のうち先生など学校関係の人が二〇パーセントという。人口的には三〇年前と殆ど変わっていないのだ。さらに聞いたら、一時期人口

現在のイダの浜。昔と殆ど変わっていない

ががくんと減ったときがあったが、外から移住してくる人などもいてまたじわじわ復活してきたらしい。そういうお姉さんも、もとは東京に住んでいて、島に遊びに来ているうちに島の人と結婚したのだという。島生活一二年。かんじのいい人で、この静かな島の日々を十分楽しんでいるように見えた。

かつてぼくがいた一週間ぐらいのあいだに、チンチン少年らは毎日ぼくの泊まっている民宿にやってきた。ぼくも退屈していたから、たちまち仲のいい友達になった。

「とっちょくりい」の少年は集落の新聞配達の仕事をしていた。新聞配達もたいていチンチン少年三人組でやっている。ぼくもときどき彼らのあとについていった。その他大勢のいる新聞配達団だ。

そうだ、イダの浜だ。

ぼくは思いだした。「舟浮」の集落から西に一五分ほど歩くと、ものすごくきれいな浜があった。そこにもチンチン少年団とよく行ったのだ。崖ぞいの細い道をまっすぐいく。途中に葉っぱのやたら大きなクワズイモなどがあったのを急に思いだした。

「あのイモは食ったらしぬ」

「だから近よったらいかん」

少年たちが教えてくれた。

あとでいろいろ本を読んで、そのイモは苦くてとても食えず、茎から出る樹液のようなものでひどくかぶれる、どうにも役たたずな奴だと知った。大人たちはかぶれるのを注意するために「食ったら死ぬから近よってはいかん」とおしえていたのだろう。

その道の途中にウイヌカー（上の川）という井戸のようなものがある。むかしはそこが集落の水汲み場だったらしい。

イダの浜もまた思い出のいろいろある浜だった。南風見田の海岸と並んで、イリオモテ

30年前のイダの浜。いまはもうこういう少年は見なくなってしまった

島でもっとも美しい海岸のひとつだろう。けれどどこも観光施設はいっさいないので、あまりおとずれる人はいない。まあぼくなどは、それだからありがたいのだが。

鬱蒼《うっそう》とした木のトンネルを抜けるとイダの浜が見えた。ここは南風見田とちがって長さは五〇〇メートルあるかないかぐらいだから強烈な陽光のした、海岸の左右が見える。

ぼくがチンチン少年たちとこの浜に最初に行ったとき、中学生ぐらいの少年たちが、小さな船を自分たちで沖にだそうと苦労しているところだった。その様子も写真に撮った。そして中学生たちともいろんな話をした。中学生たちはみんなはにかんでいて、なかなか話をしなかったが、帰る頃は翌日堤防で一緒に釣りをやる約束をしていた。そういえば、その次の日にぼくは彼らと釣りをしたのだったか。記憶が曖昧になっている。そのときの写真が一枚もない、ということは、何かの事情で実現しなかったのかもしれない。雨が降ってしまった、というおぼろな記憶もある。三〇年というのはやはりとても長い時間経過なのだろう。

浜をしばらく歩き、巨大な雲の写真などを撮っているうちにもう戻らなければならない時間になっていた。アベ顧問から「時間ですよ」という携帯電話の声。

そうだ。以前来たときは携帯電話などというものはなかったのだ。足早にさっきの店に戻る。アベ顧問は最後の泡盛を飲んでいた。

黒い水泳犬は、まだ元気よくあっちこっち水のなかを動きまわっている。

日傘をさした中国人らしい数人のグループが店の前の道を通っていった。ガイドがしきりに集落の説明をしている。中国人観光客がこの小さな小さな集落に観光にやってくるなんて、三〇年前はまったく予想もできなかった。

またいつかある日、この静かな集落にやって来られるだろうか。そんな思いで、白浜港に帰る連絡船の白い航跡を眺めていた。

銚子

地球はまだまだ丸かった
銚子の灯台、近海キハダマグロ

地球の丸さを確かめるための灯台は
キチンと天空にむかって屹立していた。
そして海はまだちゃんと丸かった。

東京駅地下道疾走

小学校五年のとき、千葉県の犬吠埼《いぬぼうざき》に遠足に行った。千葉県と茨城県の県境を流れる利《と》根《ね》川《がわ》の河口からいくらか南にある岬だ。

銚子《ちょうし》の灯台、といったほうがわかりやすいかもしれない。今回行くのは二回目だった。

こういう、人生のなかで長い年月をへた場所をあらためて訪れ、その風景がどのくらい変わっているか、それを見ていたわが記憶や心の思いはこの間どう変化してきたか。

それらのことをひとつひとつ現地に行って考える、というのがテーマであるこういう旅ルポでないと、わが人生では再び訪れることのない場所のひとつだろう。

今回の目的は単純だった。

その小学生の遠足のときに、後日「印象」というようなテーマで学校の図工の時間に絵を描くことになった。

遠足から帰ってきて間もないときだったから、みんなごく最近のその思い出を絵にした。「灯台と海」だ。

遠足にいく前に、先生が現地に先に行って「灯台にのぼると地球の丸いのがよくわかるんだよ」と言ったので、みんなそれに影響されて丸い海を描いていた。

ぼくもそういう絵を描いたが、みんなが、灯台の上の手すりからむこうの「見た目」である丸い海を描いていたのに、ぼくだけ、灯台を真ん中にして地球儀みたいにうんと丸い海と陸地を描いた。

主観的な写生画ではなくて客観的な空想画のようなものだったが、灯台が唐突に突っ立っている、どこか遠い宇宙の小さな惑星のような絵になってしまった。

ヘンなの、とまわりの友達はそれを見て笑った。でも、ぼくの知らないうちにその絵が先生の手によって県の小学生絵画コンテストのようなところに出品されていて、それが優秀作になってしまったのだった。

ぼくの意思で出品したわけではなかったから、びっくりしたし、友達からいらぬ誤解もされたが、その出来事が、こうして人生の熱い記憶、というものになったのだからその先生に感謝している。

あの灯台はまだ犬吠埼の突端に、むかしと同じように「ぐいん」と宇宙に立ち向かうように屹立《きつりつ》しているのだろうか。そして、もう一〇〇パーセント近く記憶にはないあの街はいまどうなっているのだろうか。

――という単純な動機で候補地が決まってしまった。原稿締め切りまぢかだったので、今回の探検隊はカジヤ隊長とぼくの二人であった。

東京駅から特急で二時間。簡単な日帰り旅だ。一泊でも一カ月でも旅に出るときはぼくの事務所のスタッフがチケット等を用意してくれて、詳細な行動スケジュールをファイルにしてくれる。だからぼくはその記述指令どおり行動すればいいのだ。カジヤ隊長とは列車のなかで会う、ということになっていた。

新宿から中央線に乗って東京駅で降り、京葉線のホームに行って特急に乗る。簡単だ。しかし、この京葉線というのが東京駅のなかにあるといってもバスで軽く一駅ぐらいは離れている遠い遠い場所にあるのだ。以前一度行ってそのことを知っていたから、混雑する通路を行くのを計算して中央線を降りてから二〇分の余裕をもって東京駅に着いた。で、ずんずん行く。急ぎ足でも一〇分かかった。たしかに遠い。そして探したが、目当ての列車の表示がどこにもないのだ。地下三階にあるホームをあっちこっち。どうしても

その列車表示が見つからない。しょうがないので駅員に聞くと、

「お客さん。それは総武線の列車で、ここことはぜんぜん別のホームです。中央線を降りたところの地下三階ですよ」

駅員はつれなくそう言った。

「あちゃー」である。——ということはさっきぼくが降りたホームの真下ということではないか。

特急は四〇分発である。時計を見ると残りあと六分あるかないか。ぼくのチケットを見て、親切なのか人間的なのか駅員が「これはちょっともう無理でしょうねえ」などと言う。そういうわけにいかないのだ。

そこでぼくはいきなり走った。いま来た道を逆にだ。いろんな人がずんずんやってくる方向にむかって、ドロボーが警官に追いかけられているようにやみくもに走った。階段もドカドカ走りおりる。一歩踏み違えるともんどりうって転げ、どこか骨折でもしかねないスピードだった。ぼくの体は大柄である。だれかに突き当たったら加速度つきでその人を大怪我させかねない。

目指す列車を見つけたときはもう発車のアナウンスがされていた。二〇秒ぐらいの差で間にあったのだった。全身がひいひいいっている。一気に走れたのは毎日やっているトレーニングのおかげだろう。でも座席にへたりこんでしばらく全身であえいだ。事務所のスタッフと、ぼく自身もすっかり京葉線と思いこんでいた失敗だった。

とんだ「思い出旅」の出発だった。行きと帰りではスピードは違うが、結局ぼくはその朝、往復一キロの地下道レースを一人でやっていたのだった。

スミレ色の太平洋

本題に入る前にこんな話をながながとしたのは、今度の旅は単純すぎて、実はあまりいろいろ語れる内容がないからなのである。だって二時間寝ていたらもう銚子駅に着いていたのだ。早朝疾走で体がハナから疲れていたのかもしれない。

銚子の駅から外に出ると太陽がぐわんぐわんといって喜んでいる。今思えば、あの日が今年のこのバカ暑夏の終焉《しゅうえん》の頃だったのだろう。

海岸に近い街特有の、どこか汐《しお》の匂いのする熱風が吹いていた。我々二人は、とにかく

「銚子の灯台ですな」と合言葉のように呟《つぶや》いて、駅前のタクシーに乗った。

なにか妙に「おさまりどころ」のないような運転手で、行き先を告げただけで無意味に慌てているような気がした。あとで、それはこの運転手の性格らしいとわかってきたが、銚子の駅からタクシーに乗って「銚子の灯台へ」と言って慌てられても困る。

まだ暑い夏空に、灯台は昔と同じようにキゼンとしていた。宇宙に行くロケットのように見えなくもない

強い日差しのなかで街はどこも白く乾いて閑散としているように見えた。もともより小学生のときに来て以来だから、街のどこにも、もっといえば空気感さえまるで馴染みがない。

「こちらの景気はどうですか」

カジヤさんが聞いた。

「景気ですか。悪いですね。人口がどんどん減ってますからね。むかし八万人でしたが、今は六万人ですから」

「ここらの産業はなんでしたっけ？」

「農業はいまはキャベツですね。漁業はサンマです。これは景気いいです」

ぼくは、銚子といったらお醬油《しょうゆ》、ということを思いだしていた。

「醬油はどうです？」

「ヤマサの大部分が越しちゃったからねえ。それで醬油はちょっと……」

知らなかった。銚子といったら日本の主な醬油メーカーが全て集まっていて、街には醬油の匂いが風に乗って漂っている、というイメージがあった。

遠足のときに醬油工場を見学して、帰りに全員小さな醬油瓶をお土産に貰ったことをふいに思いだした。

交通量が少ないので、たちまち目当ての灯台に着いてしまった。その前に日当たりのいい広い道があり、お土産屋や、二階建てのホテルなどもあり、それらがずらっと並んでいるが、本来ならその前を歩いていてほしい観光客というものがまったくいないのだ。

まあ平日、ということもあるのだろうけれど、世の中、いろいろ複雑な仕掛けのある観光地が増えて、いまや灯台だけで観光客を呼ぶのは大変だろうなあ、ということは風景を一瞥しただけでわかる。

我々も、ほかにやることはないから、とにかく義務のようにしてまず灯台に上ることにした。有料で大人二〇〇円。

子供の頃に「でっかいなあ」とか「急だなあ」などと思って見た建造物や広場や坂道などを大人になってから見ると、びっくりするほど「小さく」「低く」見えるものだが、小学生と現在の大人の背丈からいったら、まず視線の位置が違うのだからそれは当然だろう。

灯台は、思ったよりもずんぐりしていて、その高さも記憶のそれとはだいぶ感覚が違う。受付で貰ったパンフレットに高さ三一・三メートル。海面より灯火までの高さは五二・三メートルと書いてあった。

入り口からすぐに螺旋《らせん》型の階段があり、とにかくずんずん登るしかない。階段は全部で九九段、と最初のところに書いてあった。一〇段ずつぐらいに「がんばれ」とか「ここがちょうどまんなか」とか「少し休んで水などのみなさい」などと、励ましのオコトバが階段にペンキで書いてある。

記憶にはないが、ぼくが小学生のときに来たときもきっと書いてあったのだろうなあ。

小学生のときと比べると、カジヤ隊長もぼくも半分ぐらいでやや息が荒くなっている。

しかしその日の朝の一キロレースはもっと苦しかった。それを思いだし、休みなしにとっとと展望台にむかう。最後の階段をあがり、小さな出入り口からついに外周ぐるりの展望台に出た。

いきなり巨大な風景がひろがり、海風がモロに吹きつけてきてたいへん気持ちがいい。海面からは五二メートルぐらいあるわけだが、岩礁に打ちつけ砕ける白波がなかなか美しい。

その先に快晴特有のややスミレ色がかった巨大な海が見える。太平洋だ。そして、そこから見る海はやっぱり「丸かった」。

地球が丸い、ということを銚子の灯台はこれまでずっと、ここにやってくる人に「ドーダ！」と言い続けてきたのだ。

恐れ入りました、と頭を下げるしかない。

太平洋はぼくが小学五年生の頃から、いままでずっとひとときも休まず「丸い」のであった。

貰った資料を見ると、一八七四年、明治政府がイギリスから招聘《しょうへい》した灯台技師、リチャード・ヘンリー・ブラントンの設計、監督のもと一九万三〇〇〇枚のレンガを使って完成させたという。もちろん日本初の国産レンガ造りの灯台。現在までそのまま使われている、というのだから驚いた。光度は一一〇万カンデラ。約三五キロまでその光が届いているそうだ。

ウミネコ、リクネコもいない

灯台に上がって丸い海をしっかり見たが、そんなに長いあいだ見ているわけにもいかない。カップルが日陰になっているところに座ってじっくり眼下を見つめて何やら人生のことを話しているようなので真似しようかと思ったが、おじさんが二人じっくり人生のことを話すのもなあ。なにか急に悲しくなって、そこからにわかに飛び下りてしまったりして……。

我々は次にどこにいっていいかわからなくなってしまった。タクシーの運転手に相談する。相談するといっても、我々にさしたる「基本方針」というものがないのだから、相談されるほうも困るだろう。

小学校のときの遠足をなぞって、今操業している醤油工場の見学をして醤油の小瓶を貰ってくる、というセンも考えたが、大名案とも思えなかった。

銚子といったら大きな水産基地である。いまサンマの大漁景気に沸いているという漁港に行ってもらうことにした。道々運転手さんの話では、今がサンマ漁の最盛期で北海道の沖合まで船がいくそうだ。昨年（二〇一一年）いちばんの水揚げ船は三月で五億円を揚げた。大体一隻の船に一六〜二〇人が乗り組むので、五億円を揚げた船は乗組員一人頭六〇〇万円を支払ったという。

やがて漁港に着いたが、ちょうどうまいぐあいに豊漁サンマが水揚げされているところに出くわす、というわけもなく、行ってみると第一漁港はまったく閑散としており、漁船は一隻もみあたらなかった。

「サンマ漁は北海道。カツオ漁は気仙沼のほうに行っているんですよ」

まったく１隻も漁船がないのだ

臨時案内人と化した運転手が我々に解説する。その合間にもひっきりなしに携帯電話に何かの連絡が入ってくる。口ぶりから、どうもこの運転手さんの上司らしい。しかし、タクシーの上司がタクシーの運転手にかけてくるにしては話の内容がどうもしっくりしない。たびたび電話がかかってくるので気が引けたのか、そのうち運転手さんは解説してくれた。

実はその運転手さんはタクシーだけでなく「運送業」の手伝いもしているらしく、その日の頻繁な電話は運送会社の社長からという話であった。

急用があるらしいが、その日はまだ短い時間とはいえ我々の貸し切り状態になっているので、その時間調整でモメているらしい。

そういうことなら我々はほかのタクシーに乗り換えてもいいのだが、どうもそういうコトですむ問題でもないらしい。

なんだかわからないけれど、せっかく漁港にきたのに漁船が一隻もいないのでは銚子の名折れだ、とでも思ったのか、運転手さんは第二漁港に我々を連れていってくれた。しかしそこも閑散としている。

かくなる上は、ともうムキになっているような走りっぷりで第三漁港にまで突っ走った。そこには沢山の漁船がもやってあった。

よかったよかった。

別にそれほどまでして漁船を見たかったわけではないのだが、運転手の「ドーダ顔」を見て我々は手に手をとりあって喜んだ、というのは嘘で、別に手に手をとりあうことはなかったから、とにかく三人で目的達成の笑顔をかわしあったのだった。

しかし、問題は「それからどうする」というコトであった。漁船はいっぱいあったが、漁師の姿がみあたらない。どうやらとうに漁から帰ってきて水揚げをして、港は全体が休憩時間になっているようであった。
ぼくは漁港に行けば汐やけしたいい漁師の顔写真でも撮れるのではないかと思ったのだが、本日は漁港につきもののウミネコ一羽みかけない。リクネコの姿さえ見ない。困った。

銚子電鉄があった

その朝、銚子駅に着いたとき、そこは終点ではなく、まだ線路が先に延びていることを知った。銚子電鉄といって銚子駅から犬吠埼灯台近くをとおり、終点の外川《とかわ》まで駅はその先九つ。線路総延長六・四キロというから、その気になれば歩ける距離だ。一両から二両のミニ鉄道だから「鉄ちゃん」（鉄道ファン）にはたまらない路線だろう。

聞けば、前身の銚子遊覧鉄道の運行開始が一九一三（大正二）年というからとんでもない老舗鉄道だ。しかし経営不振と第一次（！）世界大戦によって鉄が高騰し、わずか四年間で廃止。

一九二三年に醤油の運搬と人の輸送のために銚子鉄道株式会社として再開業。一定の鉄道利用者はいたが、当然経営は厳しい。資料によると、タイヤキやぬれ煎餅などの副業に

ソボクな中学生がいっぱい

よる収入で、なんとか今日までやってきたという。

とりあえずそのうちのひとつの駅に行ってみよう、ということになった。運送会社かタクシー会社かどっちがメーンの仕事をしているのかわからない運転手さんに「一番近い駅に連れていって下さい」と頼む。どこにするか少し迷ったようだが「観音駅」というところに連れていってくれた。なかなかいい名前ではないか。不思議にモダンな味のある駅舎で、いかにも田舎の素朴なかんじの中学生があちこちにいる。

グラブをもって歩いている少年が踏切の上で「こんにちわ」と挨拶してくれた。なかなか気持ちがいい。このへんの学校の指導なのだろう。

東京からわずか二時間でこんなに素朴な中学生がいるのだ。聞けば中学二年という。

二〇一二年、ぼくは光村図書の中学二年生の国語の教科書のとっぱじめに書き下ろしの「アイスプラネット」という短編小説を書いている。光村図書の国語の教科書使用率は全国シェア五割を超えているというから、もしかするとこの生徒たちもこの春ぼくのその小説に出会っているかもしれなかった。

聞いてみようと思ったが、言っても信じないだろうから「きみたちの写真を撮りたいんだけれどいいかな」と聞いた。

恥ずかしそうに野球部の二人はぼくのカメラの前に立った。日にやけた田舎の中学生ぶりがとてもいい。

それから反対側にいる男女六人ぐらいの一団も撮った。みんな同じように恥ずかしがるのだが、それでもニヤニヤしながらカメラにおさまってくれた。みんなもうじきやってくるミニ鉄道に乗って帰るところらしい。なかなかすばらしいタイミングであった。

駅舎のほうにいくと、駅舎のなかに「タイヤキ屋」があって、いいにおいがする。なるほどこれが銚子鉄道が息をふきかえした副業であるのか。なかなか面白い鉄道なのだ。タイヤキを買っている子供らの写真を撮っているうちに電車がやってきた。

はるかずっと前にこの街に遠足にきたむかしのぼくぐらいの少年たちが、電車が着いたホームにタイヤキを持って走っていく。

今になってちと悔しく思うのだが、あのときなぜカジヤさんとその列車に乗って終点まで行ってみよう、という発想にならなかったのか。全線乗ったってわずか六キロだ。その朝東京駅で走ったたった六倍の距離ではないか。

キメジで締める

我々がそのミニ鉄道に乗らなかったのは、二人とも「鉄ちゃん」ではなかったことと、朝から慌ただしくしていて喉が渇き、お腹もすいていた、というのが単純な理由であった。ふたたび携帯電話で上司（らしい人）と話をしているタクシーの運転手さんの会話終了を待って、どこかうまい魚が食べられるところはないですか、と聞いた。

「それなら有名な『鮪蔵』という地魚専門店がありますから、そこに行きましょうか」

「行きましょう、行きましょう」

我々に異存がある筈はなかった。

地元の人でないとわからないような場所にその店はあった。たしか第一漁港の近くである。まだ夕刻になりかかりの時間だったので店はすいていた。運送関係でいろいろ忙しい課題を抱えているらしいタクシーの運転手さんはそこで解放した。運転中携帯電話の多い、しかもシートベルトなんかしなくていい交通規制のなかなか緩いところも気にいった。

「一緒にごはんでも食べていきますか?」

などとカジヤさんが誘っている。

「いえいえ、それはもうよろししです」

運転手さんはおかしな方言で断り、慌てて去っていった。

地魚の盛り合わせと、今朝がたとれたばかりというキメジ(近海のキハダマグロの幼魚)の中トロのところを注文した。どさっと皿にあふれて八六〇円。ぼくはここ七年ほど釣りの専門誌で釣りの連載をしているので、近頃は魚にいろいろうるさくなっている。

マグロというとすぐに大間《おおま》のクロマグロ、などというが、そんなベラボーに高価なものよりも、カタは小さく脂もこってりではないが、関東近海でとれるキハダマグロやメジマグロ（クロマグロの幼魚）のほうがはるかにうまいのだ。なにしろ今朝とりたてなのである。以前に八キロぐらいのをぼく自身一時間がかりで釣ったことがある。

そいつを肴にカジヤ隊長と乾杯。

「まっ、今回もうまくいきましたな」

何がうまくいったのかいまいち明確ではないのだが、この時間がこの「幻《まぼろし》追想旅」の重要なしめくくりなのである。

新宿

旅人は心のよりどころに
帰ってくる

わが街、新宿。
雑踏も騒音もごったがえしも
この街の巨大な貌だ。

「五十鈴」のオデンとともに消えた

ヒトには、気がついてみると「本拠地」というか、人生の心のたまり場、というか、気持ちのよりどころ、というようなものがあって、それは知らず知らずのうちにできているようだ。

自分の生きてきた軌跡の風景をじわじわ追いかけてきたこの旅シリーズも、結局最後はそこに行き着くことになる。自宅以外に、勤め先でもないのに週に一度以上はかならず足を運んでいるところこそ、そういう「終着駅」ということになるのだろう。

したがって風景を確かめる旅の終着駅は「新宿」となった。なんだ、それなら改めて歩きまわって取材することもないんじゃないかな、と思ったが、でもよく考えると新宿といってもたいそう広い。以前はよく行っていたところでも気がついたらほぼ一〇年以上足を踏み入れていない、というところがいろいろあった。

そこで最終回のその日、本拠地探索に敬意を表して、新宿駅でいつもの五人チームが集合した。新宿駅東南口の大階段下。

日々変わっていく新宿でも、ここなどはかつての古きよき新宿のおもかげがもう殆どない、きれいになりすぎてしまった庶民のウソの玄関口であった。

とはいえ、きれいに変わったといっても所詮は新宿だから、駅に立って眺めただけで、すでに全面的に「猥雑《わいざつ》」である。日本の街並の汚さを代表する乱立ごしゃごしゃ看板の無統制の極致と、けたたましい音の錯綜《さくそう》。下品な色の暴力的混合。それらの多くが勝手にいろんな文字だの映像だのを点滅させ、全体で叫びまくっているから、まあなんというか、表むきは「若者の街」などといわれるが、ベタな表現でいえば「欲望の街」「バカ者の街」そのものだ。

けれど、ほんの少し前は、この階段のあるあたりはおよそまともな人は遠ざかる汚い界隈で、それのほうがもっと人間的だった。階段に添うようにみるからに汚い公衆便所があって、半径三〇メートルにはその悪臭がただよっていた。

そのまわりには、当時の言葉でいう「浮浪者」「ルンペン」がたむろしていた。アメリカの便所だとジャンキーや変質者などがいかにも住み着いていそうなデンジャラスな気配をまき散らしていたが、日本の場合はまだそこまで荒廃していなかった。

ハズレ馬券がホコリと一緒に舞い上がり、公衆便所が臭かった大階段もいまや騒乱の谷だ

近くに場外馬券場があり（休業中だがいまでもある）、有り金すった親父がハズレ馬券をばらまいてわめいたりしている程度で、危険な空気はなかった。そうだ。危険はないが、さっき言ったように空気ははなはだアンモニア臭かった。

当時、この近くに「五十鈴《いすず》」という奇妙に細長い「おでん屋」があって、流行っていた。お店をやっているのは若くても六〇代、最高は八〇代ぐらいの人もいたのではないかと思うが、みんなつまりは「おばあちゃん」で常に五、六人いた。

壁に「明治時代の美人です」と書かれていた。おばあちゃんだからおでんの味はたいへんうまく、味噌汁《みそしる》は、通常だと「ごはん」を食べる飯茶碗にいれられて出てきた。おでんにおにぎりにその味噌汁しかなかったが繁盛していた。まさにウナギの寝床のように細長い店なので、カウンターの席も向かいあっている。あれはもしかすると八メートルぐらいあったような記憶がある。そこに客がズラリと座るのだが、向かいあうカウンターの幅が狭いので、客は全員お見合いみたいに見つめあうかたちになる。男はいい女を、女はいい男を互いに眺めていたのだろう。

カウンターの中の五、六人のおばあさんはなぜかいつも仲間うちでケンカをしており、それもその店の「味」のひとつだった。

近くに「日本晴れ」という安酒場があって、ここは親父専門居酒屋だった。場外馬券が全部ハズレたようなオヤジが集まってきて安い怪しげなヤケ酒を飲んでいた。ヘンだったのは、入り口の戸をあけると、店のオヤジがみんな入り口のほうに顔をむけている。一瞬たじろぐが、すぐにわけがわかる。入り口の戸の上にテレビがあって、客はみんなそれを見ているのだ。要するに、一人客が殆どだから会話というものはなく、みんな退屈してテレビを黙って見て飲んでいるのだった。

そういうオヤジたちにまじってカネのない学生などがこの店に集まっていた。ぼくもその一人なのだった。

みんな消えた

いまはその界隈、すっかり街並が変わってしまい、元気のいい（しかし本当はけたたましいバカ騒音の）若者街の様相となり、馴染みの酒場はみんな消えた。今回改めて四方を眺めながら歩いてみると、ポルノ専門の映画館やヤクザ映画専門の映画館もすっかりなくなっていた。ヤクザ映画館のむかいにあったシンプルながらこってり味の「山田ラーメン」も消えていた。サラリーマン時代にはぼくはこの界隈の「アリサ」というバーにときおり一人で行っていた。そこに歳上のけっこう好きな女性がいて、それがめあてだったのだが、いつもすいていたのでいろいろ話をすることができたが、今思うと軽くあしらわれていたような気がする。

我々はここよりももっと激しく変わった南口の髙島屋、東急ハンズ、紀伊國屋書店などのある新しい新宿の風景をちょっと見て写真を撮った。こういう風景は、いまや東京のどこにでもあるから、結局は何も面白くない。

したがって、もっとも新宿っぽい歌舞伎町に急げ、ということになった。

歌舞伎町はしかし、大人になってから行く場所ではない。この日本屈指のなんでもありの遊興街は、特殊な趣味の大人や外国人が、あたかも我々がニューヨークのハーレムあたりを恐るおそる歩くようにして「見学」するような場所なのかもしれない。

しばらく足を踏み入れないうちに新宿コマ劇場がなくなり、その周辺のロードショウ劇場も跡形なく消えていた。十六ミリの個人制作映画に夢中だった頃、都内に四箇所十六ミリ関係の機材を売っている店があり、そのうちのひとつがコマ劇場の一階にあった。だから当時は年に五、六回は歌舞伎町に来ていたのだ。いまやあの垂涎《すいぜん》のメカニズムやレンズたちがどこかに消えてしまった。いやそれよりも、いまや映像はデジタル時代で、フィルムなどはいにしえの骨董品みたいなものになってしまった。

歌舞伎町は戦後の焼け野原復興のために建設された、ということを今回まともに取材してはじめて知った。当初は復興を助けるための娯楽の中心地にすべく、演舞場を建設し、それを中心に芸能施設を集めて「新東京の最も健全な家庭センター」を建設しよう、という計画だったらしい。それがいまや三〇〇〇軒を超えるバー、キャバレー、ラブホテルなどが密集した欲望の迷宮都市、魔都という思いがけない方向に発展した。

何が行われているかわからない犯罪都市の顔も持ち、二〇〇二年には五〇台の防犯カメラが設置された監視都市の側面も持った。かつて都が目指した「最も健全な家庭センター構想」がコレだったのだろうか。

一〇年ぶりぐらいに歩く歌舞伎町で、以前あまり目にしなかった不思議風景は、いたるところにあるホストクラブの看板だった。あるところには選挙ポスターの掲示板のように、各店のホストが何人も顔を並べているでっかい看板があって壮観だった。

ホストという人たちの髪型が異様である。みんな長髪で、みんな裾のところが柳の葉みたいにバラバラしている。オバケのようでもある。それがみんなどの店も同じ髪型なのだ。ホスト髪型とでもいうのだろうか。価値観が違うのでそんなこと言ってもしょうがないのだが、男からみるとはなはだキモチ悪い。

「ああいうのがつまり、ホストクラブにやってくる女性が好きな髪型、風体なのであろうか」我々取材チームのおじさんたちは頭の上に沢山の？マークを浮かべながらそれらを興味深く眺め、現代風俗を検証しようとしたが、データ不足、取材不足で何も結論は得られなかった。しかしこれはこれでまあいいや。

我々が歩いていたのは午後四時すぎで、歌舞伎町が本格的に動きだすまだだいぶ前の時間であった。ついでにゴールデン街を覗いていこう、ということになった。むかし新宿ゴールデン街は、無頼や前衛を気取った作家や芸術家、編集者、役者、ミュージシャンなどが集まり、歌舞伎町とは一線を画したデラシネを気取った文化的エリアとして当時の若者たちの憧れの場所でもあった。

ぼくはモノカキになってすぐの頃に編集者に連れられてここのいくつかの店に入ったが、異様に怒ってばかりいるママに異様に怒られて喜んでいる作家とか、すぐ裸になりたがる芸術家と称する人とか、汚いカウンターの下にヘドにまみれて倒れている人などがいて、そこそこ面白かったが、なんだかみんなでそのアブノーマルを気取っているようなところがかいま見えて、あまり好きにはなれなかった。

個人的な新宿物語

あまり時間がないので我々はタクシーに乗って地下鉄の四谷三丁目駅にむかった。そこからはぼくの個人的な「新宿物語」がはじまることになる。

二〇代の頃に勤めていた会社は銀座にあり、ぼくのその当時の自宅は武蔵野にあった。新宿はその中間にあたり、友らと一杯やろう、というときなどは銀座よりも中間点の新宿になることが多かった。

このシリーズですでに書いた、三〇代の中頃まで勤めていた新橋、銀座あたりの探訪話の続きになるのだが、その頃、ぼくは何人かの仲間と書評とブックガイドの雑誌を作りはじめていた。最初は同人雑誌を作るような軽い気持ちで始めたのだが、予測もしなかった思いがけない反響があってそのチビ雑誌が売れはじめ、そうなると作っているほうも面白くなってくる。

いろんないきさつがあって、結果的にいうと、ぼくは勤めていた銀座にある会社をやめ、プロのモノカキになるのと同時にその書評とブックガイドの雑誌『本の雑誌』を本格的な定期刊行物にしよう、という意気込みになっていった。

それにはチビなりとも会社を作らなければならない。ぼくは仲間にそう言った。今考えるとどうせ吹けばとぶような雑誌だ。なにも会社まで作る必要はない、と考えるのが大人の冷静さ、というものだが、生来のせっかち性分であり、慌てものであるぼくは猪突《ちよとつ》猛進して、まずは編集室というものを所持しようと仲間たちに言った。そうしてそういう、果して持続的に売れるのかどうか、来月まで存在しているのかどうかさえわからないようなチビ雑誌のための編集室探しにがしがし動き回っていたのだった。

最初から、場所は新宿がいい、と思った。理由はとくにないが、でもとにかく新宿なのだ、とぼくは言った。でも新宿はどこもビルの家賃が高い。一五〇歩ぐらい譲って新宿御《ぎよ》苑《えん》の近くにした。

思いがけないラッキーな偶然で四谷三丁目の地下鉄駅のすぐ上に小さな部屋が見つかった。ビルの五階にあったが、四谷三丁目の交差点が見下ろせる、環境的には申し分ない場所だった。ただし狭い。台所、便所を別にして六畳間ぐらいだったろうか。

机や本棚を置くと、ヒトは五人入るのがやっとだった。だから客が二人くると二人出て

『本の雑誌社』があったビルはまだ健在。左側のアタマの丸い窓のあるところが、トコロテン部屋である

いかねばならない。我々はそれをトコロテン部屋と言った。

そうして『本の雑誌』を季刊から隔月刊ぐらいまでにはしていこう、というタタカイが始まった。しかしそういうことをやって大騒ぎしているぼく当人は、フリーのモノカキになっていたから、その頃からしょっちゅう外国を含めた取材旅行に出るようになっていた。

だからタイヘン忙しいうえになにかとせせこましい。東京に帰ってくると編集長であるぼくはちゃんとその仕事をした。広告集めなどの仕事もした。相棒の目黒考二（現、評論家の北上次郎）や沢野ひとし（現、イラストレーター）、たったひとりの事務員木原ひろみ

（現、作家の群ようこ）などの仕事もいろいろたいへんだった。取次を通さない直販だったので、配本はじぶんたちでやった。学生アルバイトを五〇人ぐらい集めたのだ。

四谷三丁目のそのビルはまだ同じところにあって、ぼくは今回の取材チームにその場所を教えたかった。勇んで行ってみると、当時思っていたよりもさらにこぢんまりとしていた。ビジネス用のビルとしてはめずらしく窓の上のほうが半円形をしていて、なかなかおしゃれである。

新宿シルクロード

『本の雑誌』のそこでの仕事は結果的にうまくいき、発展していった。トコロテン部屋では仕事場としては手狭になってきたので、そのあと信濃町《しなのまち》のマンションの一室に二年ほど、そこもさらに手狭になっていったので新宿五丁目のスカイビルという古いけれど九階建ての大きなビルにうつり、さらに手狭になったのである作戦を考えた。その頃、ぼくはそのビルの角に間借りしていて、電話の受付や簡単な事務仕事をしてくれる女性が一人ついていたのだが、ぼくもそろそろもう少し広いスペースが欲しくなっていたのでみんなで引っ越しをすることになった。

いま、我々の新宿の居酒屋アジトになっている「池林房《ちりんぼう》」の社長、太田トクヤが新宿御苑の近くに新築ビルを見つけてくれた。そのビルの三フロアを借りてしまおう、という大作戦をもくろんだ。一フロア三〇万円。いきなり三つのフロアになってしまったので、やはりフリーで仕事をしていた沢野ひとしがその一角にデスクをおき、やはりフリーランスだったカヌーイストの野田知佑さんもその一角をつかうことになった。そこから歩いて二分のところに我々全員が親しい弁護士の木村晋介の事務所がある。気がつくとそのあたりに親しい仲間がいつのまにか集結していたのだ。

いま思うに『本の雑誌』をめぐって展開してきた、おれたちの新宿作戦は、この時期が〝黄金時代〟だったような気がする。

仕事が終わると、みんなして新宿三丁目にある太田トクヤの店「池林房」にゾロゾロ歩いていく。名にしおう新宿二丁目の通称「オカマ街」をまっすぐ突っ切っていくルートになる。五時ぐらいにここを歩くと、まだすっかり女装していない顔にファンデーションだけ塗ってネグリジェのようなものを着て、近くのスーパーにその夜の店の酒の肴を買いに行ったのか、長ネギなどが入ったビニール袋をぶらさげて、片一方の手の小指をたてて、お尻をふりながらいそいそ行く姿などをよく目にした。

あるいは、五〇ぐらいのおっさんが三つ編みした鬘《かつら》をかぶって黒いストッキングをはき、女学生の鞄を持って「うっとり」しながら歩いてくるのと正面から出会ってしまったりする。思わず目を伏せてしまうのだが、そのオヤジ女学生は、その姿を見てもらいたくて歩いているのだから、顔を伏せてしまっては失礼なのであった。

ぼくたちはその三〇〇メートルもないルートをいろんな異民族と出会う「新宿シルクロード」と名付けた。このシルクロードをいくと大きな道路があり、それを越えると三丁目で、我々の居酒屋「池林房」のオアシスが待っているのだった。旅人（おれたちのコトだけど）はそこで生ビールを飲み、おれたちの新宿に乾杯するのだった。

歴史は少しずつ動いていって『本の雑誌社』はやがて笹塚に移動し、今は神田神保町の「本の町」のどまんなかに移動している。

ぼくも目黒も、今では経営や編集から離れ、若いスタッフにそれらのすべてをまかせている。

新宿末廣亭

その頃、ぼくはよく外国に行っていて、帰ってくるとこのあたりの居酒屋に行くのだが、仲間と会う時間より早く行ってしまうことがよくあった。そういうときは新宿末廣亭《すえひろてい》に入る。

昼から夜までずっとなにかしらやっている寄席である。何時《いつ》入ってもいいし何時出てもいい。外国の旅は異文化のなかにずっといることだから、旅のあいだ、日本の古い文化を妙に懐かしい、と思うことがよくあった。

そういう気分のときに日本の古典芸能は精神のやすらぎにちょうどいい具合に作用した。だからその日、我々は、今の末廣亭がどうなっているのか見にいくことにした。

大人二八〇〇円。映画館よりやや高い。

夜の部が始まったばかりで、前座の落語をやっていたが、申し訳ないけれどやはり前座は前座でちっとも面白くない。観客もチラホラで、一〇人いただろうか。

「どうもさっぱりしておりますなあ」

スゴロクの“上がり”のよう。最後はここにたどりつく

などと、あとから出てくる噺家《はなしか》が嘆いている。しかし一時間もすると五〇人ぐらいになった。ここは明治三〇（一八九七）年に創業しているが戦争で焼かれ、昭和二一（一九四六）年に再建されている。

新宿にこういう寄席があることは素晴らしい。外国旅がこのところ一休みしている今、時間を作ってまたやってこようと思った。その日は落語よりも、途中に入る「物売りのこわまね」とか「相撲小話」などの色物がなかなか面白かった。

土曜日の二一時三〇分から二三時の深夜寄席などはいまでも行列ができている。そんな時間だときっと面白いのだろう。

一時間ほどして、いまだに我々のオアシスである「池林房」に行った。太田トクヤがいたので彼に店の真ん前に立ってもらって写真を撮った。

この人とはもう三〇年以上のつきあいだ。いまだにぼくはいろんな関係の仲間とつきあっているが、飲みながら、というとたいていこの店になる。この店は生ビールのサーバーを毎日洗っているから（洗わない店がけっこう多い。飲むとカビ臭かったりするのはたいていそういうところ）、いつでもきっぱりホンモノの生ビールを楽しめる。

ぼくの新宿の歴史は、この店と太田トクヤの歴史そのものと並ぶ。その日は、この一連のなんだか不思議な、ぼく以外の人にはあまり脈絡のよくわからない旅ルポ取材を終了し、一同乾杯をしてどんよりした夜をすごしていったのだった。

椎名 誠（しいな まこと）

一九四四年東京都生まれ。作家。写真家、映画監督としても活躍。著書多数。著作に『三匹のかいじゅう』（集英社）、『にっぽん全国 百年食堂』（講談社）、『チベットのラッパ犬』（文春文庫）、『世界どこでもずんがずんが旅』（角川文庫）、『ぼくがいま、死について思うこと』（新潮社）など。「椎名誠 旅する文学館」（http://www.shiina-tabi-bungakukan.com/bungakukan/）も好評更新中。

風景《ふうけい》は記憶《きおく》の順《じゅん》にできていく

二〇一三年七月二二日 第一刷発行

集英社新書〇六九七N

著者……椎名《しいな》 誠《まこと》

発行者……加藤 潤

発行所……株式会社集英社

東京都千代田区一ツ橋二-五-一〇 郵便番号一〇一-八〇五〇

電話 〇三-三二三〇-六三九一（編集部）

〇三-三二三〇-六三九三（販売部）

〇三-三二三〇-六〇八〇（読者係）

装幀……新井千佳子（MOTHER）

印刷所……凸版印刷株式会社

製本所……加藤製本株式会社

定価はカバーに表示してあります。

ISBN 978-4-08-720697-5 C0230

集英社新書　好評既刊

金融緩和の罠
藻谷浩介／河野龍太郎／小野善康／萱野稔人　0687-A

アベノミクスを危惧するエコノミストたちが徹底検証。そのリスクを見極め、真の日本経済再生の道を探る！

消されゆくチベット
渡辺一枝　0688-B

中国の圧制とグローバル経済に翻弄されるチベットで、いま何が起きているのか。独自のルートで詳細にルポ。

荒木飛呂彦の超偏愛！映画の掟
荒木飛呂彦　0689-F

アクション映画、恋愛映画、アニメなどに潜む「サスペンスの鉄則」を徹底分析。偏愛的映画論の第二弾。

バブルの死角　日本人が損するカラクリ
岩本沙弓　0690-A

バブルの気配を帯びる世界経済において日本の富が強者に流れるカラクリとは。知的武装のための必読書。

爆笑問題と考える　いじめという怪物
太田　光／NHK「探検バクモン」取材班　0691-B

いじめはなぜ起きてしまうのか。爆笑問題が現場取材し、尾木ママたちとも徹底討論、その深層を探る。

水玉の履歴書
草間彌生　0692-F

美術界に君臨する女王がこれまでに発してきた数々の言葉から自らの闘いの軌跡と人生哲学を語った一冊。

武術と医術　人を活かすメソッド
甲野善紀／小池弘人　0693-C

科学、医療、スポーツなどにおける一方的な「正当性」を懐疑し、人を活かすための多様なメソッドを提言。

宇宙は無数にあるのか
佐藤勝彦　0694-G

「この宇宙」は一つではなかった！　インフレーション理論の提唱者が「マルチバース」を巡る理論を解説。

TPP 黒い条約
中野剛志・編　0695-A

TPP参加は「主権」の投げ売りだ！　締結後の日本はどうなる？『TPP亡国論』著者らの最後の警鐘。

部長、その恋愛はセクハラです！
牟田和恵　0696-B

セクハラの大半はグレーゾーン。セクハラ問題の第一人者が、男性が陥りがちな勘違いの構図をあぶりだす。